202

당금애기,
생명의 신 탄생의 신이라

전국국어교사모임 기획 · 김예선 글 · 이은주 그림

Humanist

'국어시간에 고전읽기' 시리즈를 펴내며

고전을 읽어야 한다는 가르침은 어릴 때부터 귀가 따가울 만큼 들었다. 그러나 몸소 이를 따르는 사람은 흔치 않다. 종종 고전을 가까이하는 사람들이 있는데 이들은 대체로 삶을 헛되이 보내지 않고 훌륭한 일을 이루어 세상에 뚜렷한 이름을 남겼다. 고전 안에 그만큼 값진 속살이 들어 있기 때문이다.

고전이 이처럼 깊은 가치를 지녔는데 어째서 고전을 읽는 사람은 흔치 않을까? 아마도 고전이 사람을 쉽게 끌어당겨 주지 않기 때문일 것이다. 고전은 우리에게 섣불리 손짓을 하지도, 눈웃음을 치지도 않는다. 고전은 끈기를 가지고 파고들어 오는 사람에게만 마지못한 듯이 웃음을 지으며 속내를 털어놓는다. 고전은 요즘보다 훨씬 무뚝뚝하던 옛날에 이루어진 삶이며 글이기 때문이다.

그래서 우리는 청소년들이 고전을 즐겨 읽을 수 있도록 마음을 다했다. 뻣뻣하고 까칠한 고전을 달래서, 부드럽고 친절하게 청소년을 끌어당기도록 손을 쓰고 공을 들였다. 멋없이 무뚝뚝하던 고전을 정성껏 매만져서 두 팔을 활짝 벌리고 청소년들을 끌어안을 수 있도록 탈바꿈했다.

고전은 이제 온전히 겉모습을 바꾸어 청소년들을 맞이할 것이다. 자칫 속살까지 탈바꿈한 것처럼 보일지 몰라도 책을 읽다 보면 예스러운 고전의 맛과 멋을 한껏 느낄 수 있을 것이다. 우리는 무엇보다도 고전이 고전다운 속내와 뼈대를 온전하게 지니도록 하는 데 힘을 쏟았다.

고전은 시공간을 뛰어넘고, 나라와 겨레를 뛰어넘어 세상 모든 사람에게 큰 울림을 준다. 《시경》, 《탈무드》, 《오디세이아》, 셰익스피어와 괴테의 작품이

당금애기,
생명의 신 탄생의 신이라

세상 모든 이에게 가르침을 주듯이, 우리의 고전도 모든 이에게 값진 가르침을 줄 것이다. 가르침이 서로 다르기는 하지만 높낮이가 있는 것은 아니다. 그러므로 세상 고전을 두루 읽어야 하는 것이나, 우리는 우리네 고전부터 읽는 것이 마땅한 차례다.

이런 뜻으로 전국국어교사모임에서 '국어시간에 고전읽기' 시리즈를 펴낸 지 십 년이 되었다. 누구나 두루 즐기며 읽을 수 있도록 쉽게 풀어 쓰고 맛깔나고 재미있는 작품으로 재창조하려고 무던히도 애썼다. 다행히도 많은 독자로부터 분에 넘치는 사랑을 받았고, 우리 고전을 가까이하고 즐기는 청소년들이 많이 늘어 고마울 따름이다.

지난 십 년처럼 묵묵하게 이 시리즈를 이어 갈 생각으로 첫 마음을 되새기며 글과 그림을 더하고 고쳐 좀 더 새로운 얼굴의 우리 고전을 세상에 다시 내놓으려 한다. 이 책을 통해 우리 청소년들이 풍성하고 가치 있는 고전의 바다에 풍덩 빠질 수 있기를 기대해 본다.

2012년 11월
전국국어교사모임

《당금애기》를 읽기 전에

당금애기는 오래전부터 세상에 새 생명을 가져다주고 사랑으로 돌봐 주는 희망의 여신이었습니다. 오늘날도 마찬가지지만 전통 사회에서는 아이를 낳는 일이 지금보다 더 생명을 위협할 수 있는 위험한 일이었습니다. 아이를 낳기 전에 삼신상을 차려 놓고 순산하기를 비는 것도, 삼신상에 올렸던 쌀과 미역으로 첫국밥을 끓여 먹는 것도 출산의 두려움을 넘어서려는 마음에서 비롯된 것이라고 짐작해 볼 수 있습니다. 아이가 잘 태어나서 무럭무럭 자라는 것은 시대와 상관없이 이 세상 모든 부모의 소망일 것입니다. 부모와 같은 마음으로 아이가 무사히 태어나 잘 자랄 수 있도록 돌봐 주는 신이 바로 당금애기입니다.

하지만 오늘날 우리에게 당금애기는 그리 익숙한 이름이 아닙니다. 일제의 영향으로 우리의 무속 신들이 거리낌의 대상이 되었을 뿐만 아니라, 의학의 발달로 아이를 낳고 기르는 일이 훨씬 수월해졌기 때문입니다. 그러나 우리의 신화가 지니고 있는 힘이 그렇게 쉽게 사라지지는 않습니다. 요즈음 무속 신화에 대한 관심이 커지고, 우리 신들과 만날 기회가 많아진 덕분에 당금애기도 다시 우리에게 친근한 이름으로 다가오고 있지요.

그럼에도 당금애기의 진짜 이야기와 만날 수 있는 길은 여전히 쉽지 않은 것 같습니다. 당금애기 신화를 각색한 글들은 많이 있지만 원전에 충실하면서도 그 내용을 생생하게 담아내고 있는 것은 드물기 때문입니다. 무속 신화의 원전을 들추어 본다고 해도 이해하기가 쉽지만은 않습니다. 그래서 당금애기의 참모습과 쉽게 만날 수 있는 새로운 길을 열어보고자 이 책을 쓰게 되었습니다.

〈당금애기〉는 우리나라 전역에서 전해 내려오는 신화로, 자료가 아주 많습니다. 이 책은 그 가운데에서도 경기도 지역에서 전승되어 온 자료를 바탕으로 삼았습니다. 1968년에 경기도 양평에서 김용식이 구연한 〈제석본풀이〉(《한국의 신화》, 서대석, 집문당, 1997)가 그것입니다. 김용식이 구연한 〈당금애기〉는 구연 시간이 네 시간이나 되고 전체 분량이 오만여 자에 이르는 것으로, 전해지는 이본 가운데 가장 이야기가 길며 짜임새 있다고 평가받고 있습니다. 내용이 풍부할 뿐만 아니라 구성이 치밀하고 감정 표현이 섬세하여 당금애기의 참모습을 잘 보여 주고 있지요. 경기도본 외에 제주도본도 내용이 흥미로운데, '더 읽기'에 제주도본을 따로 정리해 두었습니다.

당금애기 신화는 굿 노래인 '무가(巫歌)'의 형태로 전승되어 왔습니다. 이 책에서는 굿의 운율을 살려 이야기를 풀어 가는 한편, 주요 부분을 운문 형태로 보임으로써 무가가 지니고 있는 본래의 맛을 느낄 수 있도록 했습니다. 눈으로만 읽지 말고 소리 내서 읽으면 더욱 흥미로울 것입니다.

당금애기의 사연을 따라가다 보면, 괜스레 마음 한쪽이 시려 옵니다. 그러나 어둠 끝에 밝음이 기다리고 있음을, 절망이 다하면 희망이 우리 곁에 다가옴을 당금애기는 이야기하고 있습니다. 그럼, 이제 《당금애기》가 전하는 이야기에 귀 기울여 볼까요? 마음을 열고 이 책을 읽다 보면, 어느 틈에 당금애기가 우리 곁에 와 있을 거예요.

2013년 4월

김예선

차례

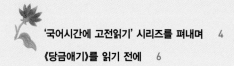

당금애기는 **탄생의 신**이 되어
온 세상을 두루 살펴
집집마다 아이를 점지하고 순산하도록 도와주며

태어난 아이가 무럭무럭 자랄 수 있도록

보듬고 돌봐 주는 것이었다

귀하고 귀한 석가여래

옛날 옛적에 '서천서역국'이라는 나라가 있었다. 서천서역국의 왕은 왕부설이었다. 왕부설은 하늘의 보살핌으로 세상만사 부족한 것이 없었다. 그러나 그런 그에게도 뜻대로 되지 않는 일이 하나 있었으니, 바로 자식이었다.

하루는 왕부설이 문 앞에 서서 서쪽 산을 하염없이 바라보고 있었다. 해가 서산으로 떨어지는가 싶더니 어느새 동녘 재로 말간 달이 솟아올랐다. 이 모습을 가만히 보고 있던 왕부설은 더욱 깊은 시름에 잠겼다.

"인간 세상에 태어나 살다가 자손을 잇지 못하면, 묘는 누가 돌보고 제사는 누가 받들꼬?"

왕부설과 마찬가지로 남모르는 근심을 안고 사는 이가 또 있었으니,

왕부설의 부인이었다. 하루는 부부간에 마음을 털어놓으며 부인이 이야기를 꺼냈다.

"우리가 하늘의 보살핌으로 부족한 것이 없이 살고 있지만, 자손이 없으니 이를 어쩌면 좋아요?"

왕부설은 체념한 듯 대답했다.

"팔자에 없는 자손을 어찌하오."

그러나 부인은 뜻을 굽히지 않았다.

"우리의 정성이 부족하여 자손을 못 이루니, 명산대천에 빌어 봄이 어떨까요?"

"정성 들여 자손을 본다면 세상천지에 자손 없는 사람 어디 있으며, 부자 안 될 사람이 어디 있겠소?"

"정성이라고 다 같은 정성이겠습니까? 정성 들이기가 자손 두기보다 어려운 법입니다. 정성이 지극하면 하늘도 감동한다고 하지 않습니까?"

그날 이후 부인은 집 안을 말끔하게 정돈하고 이름난 산에 올라가 백일기도를 드리기로 했다. 지극정성으로 황토를 빚어 하늘에 닿을 만큼 높은 단을 만들고, 상탕에서 머리 감고, 중탕에서 목욕하고, 하탕에서 손발을 정성껏 씻었다. 향로와 향합 준비하고, 황초 한 쌍에 불 밝히고, 소지 석 장을 올린 뒤에 부인은 두 무릎 단정히 꿇고 두 손 곱

• **명산대천(名山大川)** 이름난 산과 큰 내.
• **향로(香爐)와 향합(香盒)** 향로는 향을 피우는 작은 화로. 향합은 제사 때 피우는 향을 담는 그릇.
• **소지(燒紙)** 부정을 없애고 소원을 빌기 위해 신령 앞에서 종이를 불살라 그 재를 공중으로 올려 보내는 일. 또는 그런 종이.

게 모으고 빌기 시작했다.

비나이다, 비나이다.
명철하신 하느님, 산신 국사, 후토 신령, 태상 노군 감응하사
서천서역국 왕부설, 하늘의 보살핌으로 부족한 것 없사오나
자손이 없어 근심이오니 부디 자손 하나 점지하여 주옵소서.
비나이다, 비나이다.

그렇게 한결같은 마음과 바른 기운으로 석 달 열흘을 빌고 또 빌었다. 정성이 지극하면 돌에도 꽃이 핀다고 했던가. 백일기도를 지성껏 올리고 집으로 돌아와 깊은 잠에 빠진 부인은 한밤중에 이상한 꿈 하나를 꾸었다.

"저는 천상 선관이었는데 죄를 많이 지어 명산(名山)으로 내려오게 되었습니다. 산신 국사와 후토 신령님께서 댁으로 가라고 하셔서 왔으니 부디 어여삐 여기소서."

옥동자가 나타나 이렇게 말하더니, 부인의 품에 덥석 안기는 것이 아닌가. 부인은 깜짝 놀라 곁에서 곤히 자고 있던 왕부설을 흔들어 깨워 꿈 이야기를 여차여차 자세히 들려주었다.

"부인의 정성이 하늘을 움직였나 보오. 우리 집안에 좋은 일이 있으려나 보오."

부부는 크게 웃고 즐거워하며 그날 밤을 뜬눈으로 지새웠다.

부인은 태기가 있을 줄 미리 알고 몸과 마음을 곱디곱게 지녔다. 옆

으로 돌아눕지도 않고, 누추한 자리와 끝자리에는 앉지도 않았다. 그렇게 갖은 정성을 다해 열 달을 고이 채우던 어느 날 팔다리가 속속, 등골이 득득, 아이가 태어날 낌새가 보였다.

"아이고 데이고, 아이고 데이고."

부인은 자리에 누운 지 하루 만에, 공들여 얻은 아이를 낳았다. 때는 갑자년 사월 팔 일 오시였다.

• **명철(明哲)하신 하느님, 산신 국사, 후토 신령, 태상 노군** 민간 신앙에서 모시는 총명하고 사리에 밝은 여러 신으로 하느님은 우주의 최고 신, 산신 국사는 산을 지키고 다스리는 신, 후토 신령은 토지의 신, 태상 노군은 무가에서 신으로 받드는 노자(老子)를 말한다.
• **천상 선관** 하늘나라에서 벼슬을 하는 신선.
• **오시(午時)** 오전 열한 시에서 오후 한 시 사이.

얼굴은 관옥 같고 풍채는 두목지라
선풍도골의 귀한 남자,
효자 충신의 탄생일세.
형상은 사람이 아니거늘
앞을 바라보니 삼태성이 서려 있고
뒤를 바라보니 북두칠성이 서려 있네.

아이의 이름을 '석가여래'라 짓고, 불면 날아갈까 쥐면 꺼질까 고이
고이 키웠다. 석가여래를 기를 적에, 하루에도 몇 번씩 보듬고 어여삐
하니 왕부설 부부는 세월 가는 줄 몰랐다.

"둥기둥기 우리 아기, 어여쁘고 귀엽구나. 하늘에서 떨어졌나, 땅에서
솟았나, 바람을 타고 왔나?"

웃음으로 세월을 보낼 적에, 석가여래는 나무처럼 무럭무럭 자라났다.

석가여래 거동 보소.
한두 살에 걸음 배우기 시작하여
아장아장 걷는 걸음 참으로 볼만하다.
어언간 세 살 되어 말을 배우기 시작하여
옹알옹알하는 말이 참으로 볼만하다.
세월은 흘러 흘러 네 살이 되었구나.
석가여래 영리하고, 상냥하고,
무병하게 자라난다.
일곱 살이 되던 해에 부친 모친 의논하여

글공부를 가르치니

천자문, 동몽선습, 대학, 논어, 맹자,

중용, 시경, 서경, 주역

열 살 안에 읽고 떼니 세상 이치를

훤히 통달함이라.

왕부설 부부는 석가여래를 귀하게 기르면서 웃음으로 세월을 보냈다.

"사리를 분간함이 밝고도 똑똑하구나. 부디 잘 자라서 큰 뜻을 펼쳐라."

● **관옥**(冠玉) 남자의 아름다운 얼굴을 비유적으로 이르는 말.
● **두목지**(杜牧之) 두목(杜牧, 803~852). 중국 당나라 말기의 시인으로, 목지(牧之)는 그의 자(子)이다. 두목
   은 호방한 시를 썼으며 성품이 강직했다고 한다.
● **선풍도골**(仙風道骨) 신선의 풍채와 도인의 골격. 남달리 뛰어나고 우아한 풍채를 이르는 말.
● **삼태성**(三台星) 큰곰자리에 있는 자미성을 지키는 별.

내 태몽 이야기 들어 볼래?

《조선여속고(朝鮮女俗考)》라는 책에서는 "고승(高僧)들의 비문을 보면 태몽 없이 탄생한 이는 한 사람도 없다."라고 합니다. 태몽은 잉태에 관한 여러 가지 조짐을 알려 주는 꿈으로, 태아의 어머니뿐만 아니라 아이의 아버지 혹은 가까운 친척이 꾸기도 합니다. 예로부터 우리나라 사람들은 동물, 식물, 해, 달, 별 등이 등장하는 태몽을 통해 잉태의 여부, 태아의 성별, 아이의 운명 등을 풀이해 왔습니다. 우리 고전 속 주인공들도 예외는 아니었지요.

심청

저는 연세 많으신 부모님께서 정성으로 빌어 태어난 무남독녀예요. 어머니 곽씨 부인이 어느 날 꿈을 꾸었는데, 신비로운 기운이 공중에 서려 있고 오색영롱한 빛이 눈부신 가운데 선녀가 학을 타고 하늘에서 내려왔답니다. 선녀는 화려한 옷을 입고, 꽃으로 장식한 모자를 쓰고, 손에는 계수나무 가지 하나를 들고 있었대요. 어머니는 그 모습에 황홀하여 정신이 아득해졌는데, 선녀가 다가와 공손히 절을 하더니 품속으로 와락 달려들었답니다.

바리데기

저는 불라국 오구 대왕의 일곱 번째 딸이에요. 딸만 여섯을 둔 부모님은 아들을 보기 위해 백일기도를 드렸는데, 그때 얻은 아이가 바로 저랍니다. 아버지와 어머니는 같은 태몽을 꾸셨대요. 하늘에 구름과 안개가 자욱이 깔리면서 일곱 빛깔 상서로운 무지개가 피어오르더니 달이 떨어져서 왼쪽 어깨에 내려앉고, 해가 떨어져서 오른쪽 어깨에 내려앉고, 별이 떨어져서 품속에 안기더래요. 그래서 두 분은 아들 낳을 꿈이 분명하다고 생각하셨답니다.

홍길동

저는 청렴하고 강직하기로 이름난 홍씨 문중의 서자 홍길동입니다. 아버지 홍 대감님이 태몽을 꾸셨다는데, 꿈속에서 아버지는 차가운 바람이 이끄는 대로 따라가다가 낯선 곳에 다다랐다지요. 그곳에는 신선이 사는 곳에서만 자란다는 아름다운 풀과 꽃이 가득했고, 청학(靑鶴)과 백학(白鶴), 비취새와 공작새가 봄빛을 자랑하고 있었답니다. 숲으로 더 깊이 들어가자 하늘에 닿을 듯 높은 절벽이 나타났는데, 폭포 사이로 갑자기 청룡이 물결을 헤치고 솟구쳐 올라 고함을 지르더니 뜨거운 기운을 토하면서 아버지의 입으로 들어왔다는군요. 잠에서 깨어난 아버지께서는 반드시 군자를 얻을 꿈이라고 생각하셨답니다.

성춘향

소녀는 전라도 남원 기생 월매의 딸, 춘향이랍니다. 어머니는 자식을 얻기 위해 지리산에 제단을 쌓고 정성을 다하셨대요. 그러던 어느 날 밤 꿈을 꾸셨는데, 상서로운 기운이 하늘에 가득하고 오색이 영롱한 가운데 선녀가 푸른 학을 타고 내려왔대요. 선녀는 머리에 화관을 쓰고, 화려한 빛깔의 옷을 두르고, 패물 소리가 쟁쟁한 가운데 손에는 계수나무 가지를 들고 다가와 자신을 어여삐 여겨 달라면서 품속으로 달려들었답니다. 어머니가 헉하고 깜짝 놀라 잠에서 깨어 보니, 꿈이었대요.

한 번 길하면 한 번 흉하고, 한 번 흉하면 한 번 길하고

즐거움이 다하면 슬픔이 찾아온다고 했던가. 웃음으로 세월을 보내던 왕부설 부부와 석가여래에게 뜻하지 않은 일이 찾아왔다. 석가여래의 아버지가 우연히 병을 얻어 자리에 눕게 된 것이었다. 어린 석가여래는 아버지의 병을 고치려고 면면촌촌, 방방곡곡, 산지사방을 두루 다니며 약을 구했다. 그러나 백약(百藥)이 무효로다. 왕부설은 한 번 가면 다시 돌아올 수 없는 저승으로, 멀고 먼 길을 홀로 떠났다.

"하늘도 무심하고, 산신 국사도 야속하오. 열 살 어린 나이에 아버

지와 이별해야 하니, 나의 앞길은 어찌하란 말이오."

석가여래는 애꿎은 하늘만 원망하고 또 원망했다.

세월은 흘러 흘러 어느덧 일 년이 눈 깜짝할 사이에 지나갔다. 하지만 또 다른 시련이 석가여래의 등 뒤에서 기다리고 있었다. 아버지를 떠나보내고, 하루하루 서럽게 울던 석가여래의 눈물자국이 마를 새도 없이 이번에는 어머니가 병을 얻어 자리에 눕게 된 것이었다.

석가여래는 면면촌촌, 방방곡곡, 산지사방을 정신없이 다니며 어머니 살려 낼 약을 찾았다. 그러나 이번에도 하늘은 석가여래의 편이 아니었다. 어머니마저 하늘로 떠나보내고 홀로 남은 석가여래는 흐느껴

* **면면촌촌(面面村村), 방방곡곡(坊坊曲曲), 산지사방(散之四方)**
  모든 곳을 뜻한다.

울었다.

"하늘도 무심하고, 땅도 무심하오. 어찌 이다지도 가혹하단 말이오. 내 나이 이제 열한 살이거늘 세상천지 외톨이 고아가 되었으니 나더러 어찌 살아가란 말이오."

눈을 감아도 눈을 떠도 세상은 온통 칠흑 같고, 석가여래의 가슴은 먹먹하기만 했다.

하지만 넋 놓고 슬픔에 잠겨 있을 수도 없었다. 서천서역국의 백성들이 석가여래를 왕으로 삼으려 했기 때문이다. 석가여래는 어떤 일에도 마음이 쓰이지 않아, 아버지가 쓰시던 옥새를 감춰 두고 깊디깊은 산중으로 꼭꼭 숨어 버렸다.

'아버지와 어머니를 모두 잃고 나 홀로 남았구나. 앞으로 나는 어찌 해야 좋을까?'

석가여래는 근심으로 밤을 지새우는 날이 많았다.

'이렇게 근심하고 한숨 쉰들 무엇이 달라질까. 내가 가야 할 길을 찾아보자. 분명 방법이 있을 거야.'

태산 같은 한숨으로 세월을 보내던 석가여래는 마음을 고쳐먹고, 황토로 단을 높이 쌓았다. 그리고 몸과 마음을 바르게 했다.

비나이다, 비나이다.
명철하신 하느님, 산신 국사, 후토 신령, 태상 노군 감응하사
인간 세상에 태어나 부모님 보살핌으로 호의호식하다
열 살에 아버지와 이별하고, 열한 살에 어머니와 이별하고

넓디넓은 세상에 홀로 남아
보이는 것은 천길만길 낭떠러지뿐이니
나의 앞길 찾자면 어찌해야 좋습니까?

석가여래는 빌고 또 빌기를 게을리하지 않았다. 그러던 어느 날, 사나운 바람이 휘몰아치더니 석가여래 앞에 자그마한 염주 한 알이 떨어졌다.

석가여래는 염주를 고이 집어 들고 기뻐했다.

"하늘에서 떨어졌나, 땅에서 솟았나, 바람을 타고 날아왔나? 네가 나의 앞길을 찾아 줄 것이냐?"

그러고는 기름진 땅을 골라 정성껏 심고 싹이 트기만을 손꼽아 기다렸다. 이윽고 땅의 기운을 받아 염주에서 싹이 트고 뿌리가 뻗어 나가기 시작했다.

"반갑고도 반갑구나. 어서어서 자라서 알알이 탐스러운 염주를 주렁주렁 달아 보자."

석가여래는 지극한 정성으로 염주나무를 길렀다. 자그마한 염주나무는 아름드리 나무로 자라났다. 염주나무 꽃이 지니 알알이 실한 열매가 맺혔는데, 그 모양이 이러했다.

동쪽으로 뻗은 가지에 맺힌 염주 열매는
정성이 지극한 자에게 복되고 영화로운 삶을 주기 위함이요,
남쪽으로 뻗은 가지에 맺힌 염주 열매는

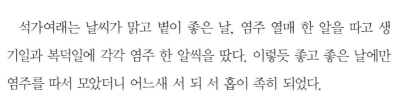

부모 만수무강하고 자손 번성하며
부부 정겹게 하기 위함이요,
서쪽으로 뻗은 가지에 맺힌 염주
열매는 오래 살고 복을 누리며 부자
되게 하기 위함이요,
북쪽으로 뻗은 가지에 맺힌 염주
열매는 이름을 세상에 빛나게 하고
웃음 끊이지 않게 하기 위함이요,
가운데로 뻗은 가지에 맺힌 염주 열매는
정성이 곡진한 이에게 부귀공명 누리게 하기 위함이라.

석가여래는 날씨가 맑고 볕이 좋은 날, 염주 열매 한 알을 따고 생기일과 복덕일에 각각 염주 한 알씩을 땄다. 이렇듯 좋고 좋은 날에만 염주를 따서 모았더니 어느새 서 되 서 홉이 족히 되었다.

석가여래는 명주실에 한 알 두 알 염주 열매를 공들여 꿰기 시작했다. 딸 때와 한가지로 좋고 좋은 날에만 골라 서 되 서 홉을 다 꿰었다. 그러고 나서 옥쟁반에 염주를 받쳐 들고 허공에다 말했다.

"하느님, 산신 국사, 후토 신령, 태상 노군은 감응하소서. 제 정성은 이뿐입니다. 이 염주를 가지고서 길을 찾자 하면 어찌해야 좋습니까?"

● 생기일(生氣日)과 복덕일(福德日) 운이 좋고 상서로운 날을 일컫는다.
● 서 되 서 홉 되와 홉은 곡식, 가루, 액체 등의 부피를 잴 때 쓰는 단위로, 한 되는 약 1.8리터이며 한 홉의 열
배이다.

이윽고 석가여래는 꿈결인지 잠결인지 정신이 아득하고 아득해졌다. 그때 난데없이 세찬 바람이 휘몰아치더니 안개를 사방에 병풍처럼 드리웠다. 그리고 무지갯빛 다리를 놓는가 싶더니 석가여래의 몸이 하늘로 두둥실 떠올랐다.

그렇게 해서 천하궁에 닿은 석가여래는 이곳저곳을 기웃거리고 있었다. 그때 옥황상제의 불같은 목소리가 들려왔다.

"너는 아직 여기 올 때가 아니 되었거늘, 이곳에는 어쩐 일이냐?"

석가여래는 그동안의 사연을 털어놓았다. 그 말을 듣고 옥황상제는 화를 누그러뜨리며 말했다.

"너의 정성이 그와 같이 지극한 줄은 몰랐구나. 인간 세상에 내려가서 몸과 마음을 닦고 다시 오너라."

옥황상제는 백팔염주를 석가여래의 목에 걸어 주고 고깔모자, 세대삿갓, 육환장과 목탁을 내주었다.

꿈인가 생시인가. 석가여래는 도무지 분간할 수가 없었다. 정신이 아득한 가운데 제 운명을 번뜩 알아차린 석가여래는 백팔염주 숫자와 같은 백여덟 칸 절을 짓고, '금불암'이라 이름 지었다. 그리고 방방곡곡에서 백여덟 명의 스님을 모았다.

금불암을 세운 석가여래는 바깥세상을 등지고 깨달음을 얻는 데 열중했다. 그리고 둔갑술도 배우기 시작했다.

• **세대삿갓** 가늘게 쪼갠 대로 만든 삿갓.
• **육환장**(六環杖) 고승(高僧)들이 사용하는 지팡이로 고리가 여섯 개 달렸다.

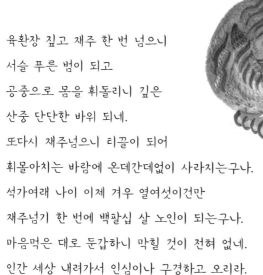

육환장 짚고 재주 한 번 넘으니
서슬 푸른 범이 되고
공중으로 몸을 휘돌리니 깊은
산중 단단한 바위 되네.
또다시 재주넘으니 티끌이 되어
휘몰아치는 바람에 온데간데없이 사라지는구나.
석가여래 나이 이제 겨우 열여섯이건만
재주넘기 한 번에 백팔십 살 노인이 되는구나.
마음먹은 대로 둔갑하니 막힐 것이 전혀 없네.
인간 세상 내려가서 인심이나 구경하고 오리라.

석가여래 둔갑술을 써서 눈 깜짝할 사이에 백발노인으로 변신한다.
청포 장삼 떨쳐입고, 자주 바랑 걸쳐 메고, 백팔염주 목에 걸고
고깔모자 접어 쓰고, 세대삿갓 숙여 쓰고, 육환장을 들고
인간 세상 구경하러 총총거리며 내려온다.
두 어깨에는 해와 달이 서려 있고
앞에서는 삼태성이 인도하고
뒤에서는 북두칠성이 보살핀다.

• **청포(青布) 장삼(長衫)** 푸른색 베로 지은 승려의 웃옷.
• **자주(紫朱) 바랑** 자주색 바랑. 바랑은 승려가 등에 지
  고 다니는 자루 모양의 큰 주머니이다.

곱디고운
당금애기

한편 '해동조선'이라 불리던 나라에는 마음씨 좋은 부인과 부부가 되어 아들 아홉 형제를 둔 왕이 있었다. 그러나 세상만사 부러울 것 없는 해동조선의 왕에게도 부족한 것이 하나 있었으니, 꽃같이 고운 딸자식이었다. 어여쁜 딸자식 없음이 시름 되어 하루하루 흘러가는 세월이 야속하기만 했다.

그러던 어느 날, 부인이 점쟁이를 찾아갔다. 그런데 점쟁이가 사주를 풀어 길흉화복을 점치더니,

"중 사위를 두시겠습니다."

하고 말하는 것이 아닌가.

"딸 없는 사람이 사위 본단 말이 웬 말이오? 중 사위라도 좋으니, 딸자식 하나만 얻으면 원이 없겠소."

　부인은 역정을 냈지만 집으로 돌아와서는 좀 전의 일을 곱씹고 또
곱씹어 보았다.

　'내 정성이 부족하여 정해진 운명을 이루지 못하고 있는 것은 아닌가?'

　부인은 백일기도를 드리러 명산대천으로 떠났다. 곱디고운 딸자식
하나를 점지해 달라고 석 달 열흘, 백일기도를 지극 정성으로 올렸다.
그 마음이 하늘에 닿았는지, 어스름한 새벽녘에 부인은 이상한 꿈 하
나를 꾸었다.

　"놀라지 마옵소서. 저는 본래 하늘나라의 선녀인데, 죄를 많이 지어

* **길흉화복(吉凶禍福)** 운이 좋고 나쁨, 재화와 복록을 아울러 이르는 말.

인간 세상으로 내려오게 되었습니다. 산신 국사와 후토 신령님께서 이 댁으로 가라고 하셔서 왔사오니 부디 어여삐 여기소서."

옥 같은 선녀가 나타나 말을 하더니, 부인 품에 덥석 안기는 것이 아닌가. 부인이 깜짝 놀라 잠에서 깨어 보니 꿈이었다.

날이 밝기만을 기다리던 부인은 동이 트자마자 왕에게 기별을 보냈다. 왕은 한달음에 달려와 부인의 꿈 이야기를 듣더니,

"간밤에 나도 부인과 같은 꿈을 꾸었소. 우리에게 꽃같이 어여쁜 딸아이가 생기려나 보오."
하며 부인의 손을 맞잡고 크게 웃으며 즐거워하는 것이었다.

과연 그달, 그날부터 태기가 있었다. 부인은 몸가짐을 바르게 하고 열 달을 채워 갔다.

그러던 어느 날 팔다리가 속속, 등골이 득득, 아이가 태어날 기미가 보였다. 부인은 자리에 눕더니 그날로 꽃같이 어여쁜 딸아이를 낳았다. 딸을 품에 안고 바라보니 하늘나라에서 선녀가 내려온 듯 맑고 밝은 기운이 감돌았다.

"아가, 네가 정녕 내 딸이 맞느냐? 둥기둥기 우리 아기, 어여쁘고 귀여워라."

해동조선의 왕은 아이의 이름을 지으려고 옥편을 꺼냈다.

우리 딸아이 이름 지을 적에, 찾아봐도 마땅한 이름자 없다.
금이라 지을까, 은이라 지을까, 옥이라 지을까?
이리저리 궁리해도 별수 없다.

마땅히 딸을 낳았으니,
'마땅 당(當)'자 한 자 빼고
이제야 원을 풀었으니,
'이제 금(今)'자 한 자 뺀다.
부모가 자식 귀여워하는 것은
한 살 먹으나 열 살 먹으나 매한가지라.
'애기'를 덧붙여 '당금애기'라 이름 짓는다.
어허둥둥 내 사랑 당금애기, 세상천지 가장 귀한 내 딸이라.

한편, 당금애기와 한날한시에 김씨 집안과 최씨 집안에서도 딸들이 태어났다.

"당금애기 받들라고 하늘에서 내린 복덩이로다."

당금애기의 아버지는 그 아이들에게 '금단춘'과 '옥단춘'이라 이름을 지어 주고 딸아이와 함께 크게 했다.

당금애기의 부모는 하루에도 몇 번씩 딸아이를 안고, 보듬고, 빨고, 금이야 옥이야 사랑하며 길렀다. 바람이 불면 날아갈까, 쥐면 꺼질까 애지중지 키웠다. 춘하추동 계절마다 비단으로 옷을 지어 입히며 곱게 키우니, 집안에 웃음소리가 끊일 날이 없었다.

당금애기와 금단춘이, 옥단춘이는 무럭무럭 자라났다. 당금애기가 앵두 같은 입술로 옹알옹알하는 말을 듣고 부러워하지 않는 사람이 없었다. 당금애기의 재롱에 부부는 기뻐하면서도 한편으로는 자신들이 점점 나이를 먹어 가니, 하루하루 흘러가는 날들이 서글프기 그지 없었다.

하루는 부부가 의논하여 당금애기에게 글공부를 가르치기로 했다. 독선생을 들여 공부를 가르치는데 천자문부터 배우기 시작하여 동몽 선습은 물론이고 논어, 맹자, 중용, 대학, 시경, 서경, 주역을 깨우치니 능히 통하지 않는 것이 없었다.

당금애기가 열한 살이 되자 부부는 후원에 아담한 별당을 지어 딸아이가 마음껏 놀 수 있도록 했다. 금단춘이, 옥단춘이와 함께 당금애기는 버드나무 사이를 꾀꼬리가 노닐 듯, 꽃을 찾아다니는 벌과 나비가 춤을 추듯 나리나리 어울려 놀았다.

당금애기의 아버지는 하루에도 몇 번씩 후원 별당으로 걸음을 옮겼다.

"어디 보자. 당금애기 내 딸이야. 어여쁘고 귀엽구나."

당금애기와 금단춘이, 옥단춘이는 풍계묻이 놀이를 하거나 고운 비단에 일곱 빛깔 색실로 수를 놓으며 시간을 보냈다.

한 살 두 살 나이를 먹을수록 당금애기는 점점 더 예뻐졌다.

봉긋 돋아 오르는 어여쁜 반달 같고
물을 차고 날아오르는 제비처럼 매끈하다.
갓 씻은 배추 줄거리처럼 싱싱하고 건강하구나.
고운 마음씨와 고운 자태 눈부시게 빛이 난다.

● **독선생(獨先生)** 한 집에서 그 집의 아이만 가르치는 사람.
● **나리나리** 매일. 날이면 날마다.
● **풍계묻이** 물건을 감추고 서로 찾아내는 아이들의 놀이.

아이를 점지해 주는 삼신할머니

"나는 어떻게 태어났어요?" 누구나 한 번쯤은 부모님에게 이런 질문을 해 본
적이 있을 것입니다. 그러면 부모님은 "삼신할머니가 점지해 주셨지."라거나
"다리 밑에서 주워 왔단다."라고 대답하셨을 거예요. 그런데 아이를 점지해
준다는 삼신할머니는 어떤 분일까요? 지금부터 삼신할머니와 아이의 탄생에
얽힌 이야기들을 속속들이 파헤쳐 봅시다.

삼신이란?

'삼신'이라는 이름의 유래는 다양합니다. 단군과 관련해서 '산신(山神)', 아이를 낳게 해
주는 신이라는 의미에서 '산신(産神)', 탄생의 신이 세 명이라는 뜻에서 '삼신(三神)'이라고
해석하기도 하지요. 또한 탯줄과 태반을 우리말로 '삼'이라고 하는데, 옛말인 '삼 가르다'
에서 유래한 이름이라는 설도 있습니다.

아이가 있는 곳이면 어디든 간다

삼신할머니는 아이를 점지하고, 순산하도록 도와주며, 병 없이 자랄 수 있도록 돌봐 주
는 신입니다. 예전에는 산모나 아이의 사망률이 높았던 데다 자식을 낳지 못하는 여인
은 칠거지악(七去之惡)을 범했다고 하여 집에서 내쫓길 정도였으니, 자식을 얻기 위한 정
성이 얼마나 지극했는지 짐작할 수 있습니다. 따라서 우리 조상들은 아이를 '신의 섭리'

라고 생각하여 잉태에서부터 출산, 육아에 이르기까지 경건한 마음으로 공을 들이며 삼신의 노여움을 사지 않으려고 노력했습니다.

삼신은 호호백발 할머니?

삼신할머니는 지역에 따라 '삼승할망', '세존할머니', '지양할미'라 불립니다. 그런데 그 이름처럼 삼신이 정말 할머니일까요? 우리 신화 중에는 삼신을 머리에 족두리를 쓰고, 비단 저고리를 입고, 열두 폭 비단 치마를 두른 젊디젊은 여성으로 그리고 있는 것도 있습니다. 생명을 점지하는 신이니만큼 생명력이 왕성한 젊은 여성을 삼신의 자리에 앉혔을 것이라고 짐작해 볼 수 있겠지요.

훠이 훠이, 부정한 것은 물러가거라!

옛날에는 아이를 낳으면 삼신할머니가 돌보는 신성한 장소에 아무나 함부로 드나들 수 없다는 뜻으로 밖에다 금줄을 쳤습니다. 금줄은 짚을 꼬아 만들었는데 숯, 미역, 솔잎 등을 드문드문 끼워 넣었으며, 아들을 낳았을 경우에는 고추도 매달았습니다. 이렇게 금줄을 치는 것은 아이의 출생을 알리고 산모의 건강이 회복될 때까지 외부인의 출입을 금하기 위해서였습니다. 또한 사나운 운수를 방지하고 부정한 것과 악귀를 몰아낸다는 의미도 담겨 있었지요.

삼신과 삼불제석.

삼신할머니 모시기

우리 조상들은 집안을 돌보는 신이 존재한다고 믿고 집 안 곳곳에 신들을 모셨습니다. 삼신할머니를 상징하는 것은 주로 흰 종이와 쌀을 넣은 단지였는데, 때때로 가지런히 간추려 묶은 볏짚을 쓰기도 했습니다. 삼신할머니를 모시는 장소는 주로 안방의 벽이나 산모의 머리맡이었지요. 삼신할머니를 모시는 기간은 집집마다 달랐는데 대체로 해산 후 초사흘, 첫이레, 두이레, 세이레 되는 날까지였습니다. 아이의 친할머니, 외할머니 또는 산파 노릇을 한 동네의 할머니 등이 상 위에 백지나 깨끗한 짚을 깔고 그 위에 흰쌀밥과 미역국을 아침저녁으로 올리며 치성을 드렸지요. 그리고 이렇게 정성을 드린 쌀밥과 미역국은 산모가 먹었답니다.

삼신할머니께는 이렇게 빌어요!

우리 조상들은 삼신상을 차려 놓고 아이가 아프지 않고 탈 없이 자랄 수 있도록 삼신할머니께 정성을 다해 빌었습니다.

문장삼신 활량하신 손빈삼신 선망삼신 불삼신 새삼신 나력삼신 부릅삼신 새삼신 나력삼신 부릅삼신 새삼신 삼신할머니는 남자방석을 점지해서 순산해 주셨으니 일취월장 키우실 적에 긴 명은 서리 담고 짧은 명은 이어 담고 먹고 자고 먹고 놀고 오복을 점지해서 수복 갖춰 점지하고 미련한 인간이 뭐 압니까? 삼신께서 추켜들고 받들어서 키워 주실 적에 눈에는 열기를 주고 귀에는 총기를 주고 일취월장 가꾸실 적에 잘 크게 해 주십사.

아이의 탄생과 여러 나라의 풍습

로마 고대 로마에서는 아이가 태어나면 물로 씻긴 다음, 아이를 아버지의 발치에 내려놓았다고 합니다. 아버지가 아이를 품에 안고 번쩍 들어 올리면서 가족의 한 사람으로 받아들였다고 하지요. 그리고 며칠 뒤, 악령을 쫓아 준다는 행운의 부적 '불라'를 아이의 목에 걸어 주었답니다.

독일 독일에서는 출산이 가까워지면 남편이나 집안의 다른 남성이 나무로 된 신을 한쪽 발에 신고 달가닥거리며 출산 경험이 있는 이웃 여성들을 데리고 왔답니다. 그리고 아이가 태어나면 모두 함께 커피를 마셨다는데, 20세기 초만 하더라도 산모가 커피를 마시지 못하면 아이가 오래 살지 못한다고 믿었답니다.

터키 터키의 쿠르드족 마을에서는 출산이 진행되는 2~3일 동안 아이의 아버지를 집에서 격리했습니다. 그리고 출산이 다가오면 출산 경험이 많은 마을의 여인들이 산모의 집으로 모여들어 주변에 여러 상징물을 놓아두고, 잘린 탯줄이 던져지는 곳에 관심을 집중했다고 합니다. 탯줄이 무기에 떨어지면 아이가 용맹한 전사가 되고, 냄비 위에 떨어지면 식복이 있다고 해석했다지요.

인도 인도에서는 아이가 태어나면 탯줄을 자르기 전에 아이의 아버지가 인도의 경전인 베다(Veda)를 암송하면서 아이에게 숨을 세 번 불어넣어 준답니다. 그리고 꿀을 넣은 음식을 떠먹이는데, 아이가 신의 보호를 받으며 건강하게 오래 살기를 바라는 마음을 담은 뜻이라지요.

여든 칸 너른 집이 덩그렇게 비었다

해동조선의 왕은 어여쁜 당금애기를 얻고 근심 없이, 액운 없이, 우환 없이 웃음으로 세월을 보냈다.

그러나 옛말에 이르기를 사람이 한 번 흉하면 한 번 길하고, 한 번 길하면 한 번 흉한다고 했던가. 해동조선의 왕을 마냥 부러워하던 이가 있어, 간사한 술책을 부리며 천자에게 일렀다.

"해동조선의 십부자가 흉악한 계략을 꾸미고 있는 줄로 아옵니다."

이 말을 듣고 불같이 화가 난 천자는 앞뒤 가리지 않고 무서운 명령을 내렸다.

"십부자를 만리타국으로 귀양 보내라."

마른하늘에 날벼락 같은 명령이라. 아무리 생각해도 짚이는 데는 없고, 당금애기 아버지는 억장이 무너진다.

무슨 죄로 이리되었는가.

무슨 죄로 이리 명하시는가.

생각하고 또 생각해도 도무지 알 수 없다.

떠날 시간이 다가옴에 어서 가자 재촉하니

누구의 명이라 거역할까.

귀여운 내 딸 당금애기

내 딸아이 어찌하고 내가 가나.

애고애고 설운지고.

만리타국으로 길 떠나는 아버지와 오라버니들에게 작별 인사를 하는 당금애기의 두 눈에도 맑은 눈물이 그렁그렁 돌았다. 당금애기의 모습을 보자 아버지의 가슴은 더욱 미어졌다.

당금애기 내 딸이야

아무쪼록 잘 있거라. 아무쪼록 잘 크거라.

내가 만약 살아오면

너를 다시 만나 기쁨을 누릴 것이오

내가 만약 죽는다면

황천길에서나 너를 다시 만나 볼 터이니

아무쪼록 잘 있거라. 아무쪼록 잘 크거라.

* **천자**(天子) 천제(天帝)의 아들. 하늘의 뜻을 받아 하늘을 대신하여 천하를 다스리는 사람.
* **십부자**(十父子) 당금애기의 아버지와 아홉 오빠를 가리킨다.

눈물을 삼키며 돌아섰으나 몸도 마음도 천근만근, 땅에 붙은
발이 떨어지지 않는다. 한 발 딛고 눈물짓고, 두 발 딛고 한숨이라.
한 발, 두 발, 세 발 걸음을 옮기다 보니 집은 점점 멀어지고 만리타국
은 점점 가까워졌다.

아버지와 아홉 오라버니가 길을 떠나자 당금애기는 생각할수록 기
가 막혀 정신이 혼미해졌다. 금단춘이와 옥단춘이는 당금애기를 후원
별당에 고이 뉘어 놓고 지극 정성으로 보살폈다. 자리에 누운 당금애
기는 길 떠나는 아버지의 뒷모습이 자꾸만 떠올라 가슴이 먹먹했다.
애달프고 서러운 마음 달랠 길이 없었다.

꿈이걸랑 깨어져라.
꿈이걸랑 깨어져.
생시라면 어찌하나.
생시라면 어찌해.

　이른 아침에 솟은 해가 다 지고 달이 서산에 걸리도록 후원 별당은
고요하기만 했다. 당금애기를 찾는 아버지의 목소리며 그림자는 종일
토록 들리지도, 보이지도 않았다. 당금애기는 그제야 부친과의 이별이
꿈이 아님을 깨닫고 서럽게 울었다.
　당금애기가 울음으로 세월을 보낼 적에 당금애기의 어머니가 말했다.
　"정성이 지극하면 세상에 아니 되는 일이 없느니라. 너를 낳을 적에
도 명산대천에 백일기도를 드렸단다. 맥없이 그냥 앉아서 네 아버지와
오라비들이 돌아오기만을 기다릴 수는 없구나. 한 사람 앞에 백 일씩
삼 년 작정으로 기도를 올리러 갈 터이니 아무쪼록 너는 몸 건강히 잘
있거라."
　당금애기의 어머니는 그 길로 공물과 음식을 두루 갖춰 명산을 찾

아갔다.

　어머니마저 떠나고 나니 여든 칸 너른 집이 덩그렇게 비어 당금애기와 금단춘이, 옥단춘이만 남게 되었다. 당금애기는 기가 막혔지만 어찌할 수 없는지라, 문이란 문에는 모두 빗장을 걸어 단단히 잠그고 집 안에서만 지내기로 했다.

　그렇게 애써 마음을 다독이며 세월을 보낼 적에, 부모님과 아홉 오라버니 걱정으로 하루에도 몇 번씩 눈물과 긴 한숨이 절로 나왔다. 그러다 문득 생각했다.

　'이러다 내가 깊은 병이 들어 죽으면 어찌하나. 부모님을 생각해서라도 이래서는 아니 되겠다. 부모님 그리는 마음부터 잊어버리리라.'

　당금애기는 마음을 굳게 다잡았다.

지필일장 내어놓고 서억서억 먹을 간다.
종이 위에 글씨 써 부모 그리는 마음 잊어버리리.
종이 위에 붓 올리니 눈물이 앞을 가린다.
되라는 글자는 아니 되고 부모 이별 자만 되었구나.
에라, 이것으로는 못 잊겠다.
수틀 내어놓고 바늘구멍에 실을 꿴다.
학의 날개 놓으려고 실 꿴 바늘을 집으니
눈앞이 캄캄하고 정신이 아득하다.
되라는 학의 날개는 아니 되고 부모 이별 수만 되었구나.
에라, 이것으로도 못 잊겠다.

● **지필일장**(紙筆一張) 붓과 종이 한 장.

굳게 닫힌 열두 대문이
활짝 열렸다

당금애기가 이렇게 세월을 보낼 적에, 서천서역국 금불암에서 내려온 석가여래는 인간 세상을 구경하다가 해동조선으로 건너갔다. 석가여래는 해동조선의 팔도강산을 두루 다니며 구경했다. 해동조선은 산도 좋고, 물도 좋고, 인심 또한 좋았다.

한곳에 이르니 바람에 날려 온 종이 한 장이 나부끼는데, 펼쳐 보니 눈물로 쓴 글이었다. 그 글의 내용은 이러했다.

월백설백에 천지백하고, 산심야심에 객수심이라.

석가여래는 글을 읽고 깜짝 놀랐다.
"그 글귀 참 잘도 지었구나!"

말을 마치고 나서 가만 살펴보니 남자의 글씨가 아니라 여자의 글씨였다.

"해동조선에 여중군자가 있는 모양이니, 내가 한번 찾아보리라."

석가여래는 해동조선의 면면촌촌, 방방곡곡, 산지사방으로 여중군자를 찾아다녔다. 그러다 성안 구중궁궐에 닿았을 때 낯익은 글씨가 눈에 들어왔다. 대문에 붙어 있는 종이에 쓰인 글귀며 글씨가 분명 여중군자의 것이었다.

"옳거니, 여기가 여중군자 사는 곳이 틀림없구나!"

석가여래는 안으로 들어가려고 슬그머니 문을 밀어 보았지만 쉰 근들이 빗장을 걸어 놓아 꿈쩍도 하지 않았다.

'대장부의 한마디는 천금보다 더 무거운 법, 빗장이 걸려 있다고 하여 물러설 수야 없지. 내 주문으로도 통하지 않으면 금불암 부처님의 도술로라도 굳게 닫힌 문을 열어 보리라.'

석가여래는 정신을 집

● **여중군자**(女中君子) 여자 가운데 군자. 군자에 비견할 만큼 덕행이 뛰어난 여자를 이르는 말.
● **쉰 근들이** 오십 근 무게가 나간다는 뜻이다.

중하고 입을 열어 주문을 외웠다.

수리수리 마하수리 수수리 사바하
수리수리 마하수리 수수리 사바하
수리수리 마하수리 수수리 사바하

주문 외기를 마친 석가여래는 오 리만큼 물러났다가 십 리만큼 달려드는 힘으로 육환장을 머리 위로 한껏 쳐들어 한 번에 내리쳤다. 그러자 동지섣달 매서운 바람에 흰 눈이 펄펄 날리듯 쉰 근들이 빗장으로 잠근 문이 순식간에 활짝 열렸다.

이때 당금애기는 금단춘이, 옥단춘이와 함께 후원 별당에 있었다.

"이것이 무슨 소리야? 금단춘아 네가 나가서 좀 살펴봐라."

깜짝 놀란 당금애기가 금단춘이를 내보냈다. 후원 별당 문을 열고 나온 금단춘이는 눈을 크게 뜨고 앉아서도 보고, 서서도 보고, 자세하게 살피고 나서 당금애기에게 전했다.

"쥐도 감감, 새도 잠잠, 아무 기척이 없습니다."

"여든 칸 너른 집에는 우리 셋뿐이거늘 이상하다. 쥐도 아니고 새도 아니라면, 필시 도깨비장난일 게야. 도깨비쯤이야 내가 얼마든지 쫓아 버리리라."

옥단춘이의 말을 듣고 당금애기는 반듯하게 자리를 잡고 앉아 도깨비 쫓는 주문을 외웠다.

동방숙신은 각항저방심미기요,

남방숙신은 정귀유성장익진이요,

서방숙신은 규루위묘필자삼이요,

북방숙신은 두우여허위실벽이라.

그 집 요란하기 짝이 없다. 안에서는 사람 도깨비를 쫓으려고 주문을 외우고, 밖에서는 잠긴 문을 열려고 주문을 외운다.

이때, 꽁꽁 잠긴 문을 연 석가여래가 마당 안으로 한 발을 디뎠다.

"그러면 그렇지. 아니 될 리 만무하다."

그러나 이번엔 마흔 근들이 빗장으로 걸어 놓은 문이 떡하니 버티고 있었다.

"쉰 근이나 되는 빗장도 열었는데, 마흔 근이라고 못 열까?"

석가여래는 짐짓 아무렇지도 않은 체하며 또다시 주문을 외웠다.

나무 사만다 못다남 옴 도로도로 지미 사바하

나무 사만다 못다남 옴 도로도로 지미 사바하

나무 사만다 못다남 옴 도로도로 지미 사바하

그리고 나서 육환장을 머리 위로 한껏 쳐들어 쾅 한 번에 내리치니, 마흔 근들이 빗장으로 잠근 문이 순식간에 활짝 열렸다.

이때 후원 별당에 있던 당금애기가 깜짝 놀라 말했다.

"이것이 또 무슨 소리야? 이번에는 옥단춘이 네가 나가서 살펴보아라."

옥단춘이를 내보냈으나 아무 일 없기는 마찬가지였다. 쥐도 감감, 새도 잠잠, 너른 집 안은 고요하기만 했다. 당금애기는 짓궂은 도깨비가 장난을 치는 것이라 여기고 부지런히 주문을 외웠다.

한편, 굳게 잠긴 두 번째 문도 가볍게 열어 버린 석가여래는 의기양양했다. 하지만 이제 시작일 뿐이었다.

'내가 미련하기 그지없구나. 이렇게 넓고 너른 대궐 같은 집에 문이 한둘이라고 생각한 내가 미련했어. 이 집에는 분명히 열두 대문이 있을 것이다. 이제 둘 열었으니 열 대문이 남았을 터, 하나씩 열다 보면 어느 세월에 다 열까? 별수 없다. 남은 열 대문을 한 번에 모조리 열어 보리라.'

석가여래는 옷매무새를 단정히 하고 여러 갈래로 흐트러진 마음을 하나로 모으는 데 온 힘을 쏟았다. 그리고 마침내 정신이 맑아지자, 석가여래의 입에서 주문이 흘러나왔다.

나모라 다나다라 야야
나막알약 바로기제 새바라야
모지사다바야 마하사다바야
마하가로 니가야
옴 살바 바예수 다라나 가라야
다사명 나막 가리다바 이맘알야 바로기제 새바라
다바 니라간타
나막하리나야 마발다 이사미
살발타 사다남 수반아예염

살바보다남 바바말야 미수다감
다냐타 옴 아로계 아로가
마지로가 지가란제

주문 외우기를 마친 석가여래는 오십 리만큼 물러났다 백 리만큼
달려드는 힘으로 육환장을 머리 위로 한껏 쳐들어 땅이 꺼질 듯이 내
리쳤다. 그러자 땅이 울리더니 구시월 바람에 낙엽이 날리듯 열 대문
이 차례차례 열리고 그제야 대청마루 끝이 까마득하게 보였다.

"그러면 그렇지. 아니 열릴 리 만무하다."

석가여래는 기분 좋게 웃으며 집 안으로 층층 걸어 들어갔다. 그러
고 나서 마지막 대문 돌쩌귀에다 육환장을 기대어 세워 놓고 또드락
똑딱 목탁을 두드리는 것이었다.

⊛ **돌쩌귀** 문 양쪽에 세운 기둥에 문짝을 달아 여닫는 데 쓰는 두 개의 쇠붙이.

무속 신화 안에 다 있다!

"수리수리 마하수리 수수리 사바하." 석가여래의 입에서 주문이 넘실넘실 흘러나오자 굳게 닫혔던 열두 대문이 차례로 열립니다. 우리 귀에도 친숙하게 들리는 이 주문은 불교 경전인 《천수경(千手經)》에 나오는 말입니다. 그런데 무속 신화인 〈당금애기〉를 읽으면서 웬 불교 경전이냐고요? 지금부터 그 물음에 대한 답을 찾아봅시다.

무가와 무속 신화

무당이 무속 의례를 진행하면서 부르는 노래를 '무가(巫歌)'라고 합니다. 그 가운데 서사적 짜임새를 갖추고 있는 것들을 '서사 무가(敍事巫歌)'라고 하지요. 서사 무가는 신의 일생과 내력을 밝혀 주는 것으로 신성(神性)에 대한 이야기라는 점에서 '무속 신화(巫俗神話)'라고 일컫기도 합니다. 무속 신화에는 우주와 세계의 근원을 전하는 창세 신화를 비롯해 생산, 혼인, 죽음 등 인간사의 중요한 순간에 관련된 이야기를 전하는 것들이 많이 있습니다. 세상을 창조한 천지왕의 위업과 그의 아들인 대별왕과 소별왕의 내력을 풀어낸 〈천지왕본풀이〉, 죽은 영혼을 바른길로 인도하는 오구신의 내력을 풀어낸 〈바리데기〉, 하늘에서 오곡의 씨앗을 받아 인간 세상으로 내려와 좌정한 농경신의 내력을 풀어낸 〈세경본풀이〉 등이 이러한 무속 신화에 속합니다.

무속 신화를 이루는 다양한 장르

무가는 무속 신앙을 바탕으로 합니다. 무속 신앙은 오래전부터 전해 온 토속 신앙에 도교와 불교 등이 융합된 형태를 띠고 있는데, 이러한 포용성은 무속 신화에서도 잘 드러납니다. 무가는 별다른 경전 없이 입에서 입으로 전해졌기 때문에 불경을 비롯한 도교 경전의 경문(經文)들도 자연스럽게 그 속으로 흡수되었습니다. 또한 민요나 시조, 한시, 심지어는 유행가도 포함하고 있지요. 이렇게 외래 종교의 경전이나 다른 분야까지 포용하는 것은 우리 무가의 특징 가운데 하나로, 무속 신화의 문학성을 더욱 풍부하게 했습니다.

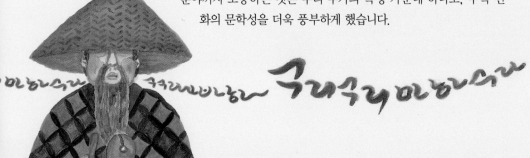

외래 종교의 경전 《천수경》에 등장하는 '수리수리 마하수리 수수리사바하'는 산스크리트어를 소리 나는 대로 받아 적은 것입니다. 풀이하면 '길상존이시여, 길상존이시여, 위대한 길상존이시여 지극 성취하소서.'라는 뜻인데, 이것을 세 번 연거푸 외우면 모든 업을 깨끗하게 씻어 낼 수 있다고 했지요.

민요 민요 〈천자풀이〉는 인물의 총명함을 드러낼 때 주로 등장하는데, 당금애기 신화에서는 삼 형제가 서당에 다니는 장면에서 찾아볼 수 있습니다.

> 옛날 옛적에는 서당이 있었구나.
> 스승님께서 하늘 천(天) 하시니, 당금애기 삼 형제가 하는 말이,
> 땅 지(地), 검을 현(玄), 누를 황(黃), 집 우(宇), 집 주(宙), 넓을 홍(洪), 거칠 황(荒),
> 날 일(日), 달 월(月), 찰 영(盈), 기울 측(昃)……

판소리 판소리 〈춘향가〉에서는 춘향이와 이 도령이 인연을 맺는 장면에서 '사랑가'가 등장하지만, 당금애기 신화에서는 자식에 대한 지극한 사랑을 표현하는 장면에서 찾아볼 수 있습니다.

> 우리 딸아이 이름 지을 적에, 찾아봐도 마땅한 이름자 없다.
> 금이라 지을까, 은이라 지을까, 옥이라 지을까?
> 이리저리 궁리해도 별수 없다.
> 마땅히 딸을 낳았으니, '마땅 당(當)' 자 한 자 빼고
> 이제야 원을 풀었으니, '이제 금(今)' 자 한 자 뺀다.
> 부모가 자식 귀여워하는 것은 한 살 먹으나 열 살 먹으나 매한가지라.
> '애기'를 덧붙여 '당금애기'라 이름 짓는다.
> 어허둥둥 내 사랑 당금애기, 세상천지 가장 귀한 내 딸이라.

한톨 한톨, 서 되 서 홉을 채우고 보니 해가 서산에 걸렸다

후원 별당에 있던 당금애기는 땅이 울리는 소리에 깜짝 놀랐다.

"이번이 세 번째 아니더냐? 필시 밖에 무슨 일이 있나 보다. 우리 같이 나가서 살펴보자."

당금애기는 금단춘이를 앞세우고 옥단춘이를 뒤세우고, 조심스레 걸음을 옮겼다. 그러고는 후원 별당 문을 열고서 문간 쪽을 바라봤다.

"아이고머니!"

당금애기는 깜짝 놀라 걸음아 날 살려라, 부리나케 별당으로 뛰어 들어갔다.

"쥐도 감감, 새도 잠잠이라는 말이 웬 말이냐?"

"아까는 분명 아무것도 없었는데 지금은 저희들도 보았습니다."

금단춘이와 옥단춘이의 말을 듣고도 당금애기는 가슴이 뛰어 똑바로 서 있을 수가 없었다.

"사람인지 귀신인지 짐승인지 나는 도무지 분간할 수가 없구나. 어서어서 알아 와라."

간신히 정신을 추스린 당금애기의 말에 금단춘이는 벌벌 떨리는 다리를 억지로 움직여 밖으로 나갔다. 그러고는 눈을 질끈 감고 외쳤다.

"사람이면 말을 하고, 짐승이면 썩 물러가고, 귀신이면 쫓겨 가라."

그러나 석가여래는 그 말을 듣고 웃음을 터뜨릴 뿐이었다.

"네 어찌 그런 말을 하느냐? 네 집이 산천이 아닌데 짐승 올 리 만무하고, 공동묘지가 아닌데 귀신 올 리 만무하지 않느냐? 너도 사람, 나도 사람이라 찾아왔느니."

"사람이라면 무슨 일로 왔나이까?"

"서천서역국 금불암의 부처님이 너희 집을 비춰 보시더니 내 꿈에 나타나 말씀하시기를, 십부자가 멀리 귀양 가서 집안이 근심인데 공양미를 올리면 속히 풀려날 것이라고 하시기에 천 리 길도 멀다 하지 않고 찾아왔느니, 군말 말고 서 되 서 홉의 쌀을 어서 가져오너라."

금단춘이는 그 말을 토씨 하나 흘리지 않고 당금애기에게 전했다. 부모 위한 정성이라는 말에 당금애기는 귀가 번쩍, 눈이 번쩍 뜨여서 앞뒤 잴 것도 없이 말했다.

"마루 뒷문께 먹던 쌀이 있으니, 서 되 서 홉 후히 떠다 시주하려

● **공양미(供養米)** 불교에서 공양을 드릴 때 바치는 쌀.

무나."

금단춘이는 서 되 서 홉에 차고 넘치도록 쌀을 떠서 나갔지만, 석가
여래는 쌀바가지를 물리쳤다.

"우리 절 부처님은 먹던 쌀은 절대로 아니 받으시니, 그 쌀은 도로
가져가거라."

"이 댁에는 먹던 쌀밖에 없는 것을 어찌하오?"

"귀신을 속이지 나를 속여? 열두 광문 안 명쌀독에도 먹던 쌀을 부
어 두었단 말이냐?"

"열두 광문이 굳게 잠겼거늘 어찌 열고 떠 오란 말이오?"

"열두 대문도 열었는데, 열두 광문쯤 못 열까? 당금애기가 광문 앞
에 서 있으면 자연히 물이 열리리라."

당금애기는 그 소리를 듣더니 광문 앞에 가서 단정히 섰다. 하지만
굳게 닫힌 광문은 열릴 기미가 없었다.

"광문이 아니 열리니 어쩐 일이오?"

금단춘이가 다시 후원 별당 문을 열고 묻자 석가여래가 대답했다.

"정성 들이기가 그리 쉬울 리 만무하다. 상탕에서 머리 감고, 중탕
에서 목욕하고, 하탕에서 손발을 깨끗이 씻은 후에 새 옷으로 갈아입
고, 정화수 떠 놓고 정성을 다해 빌면 열두 광문이 열리리라."

당금애기는 그 말을 따라 정성을 다했다. 그러자 얼마 지나지 않아,
굳게 닫힌 열두 광문이 활짝 열렸다. 당금애기는 광문 안으로 층층 걸
어 들어갔다.

아버지 명쌀독 열고 보니 거미줄이 쳐졌거늘

슬쩍 걷어치우고 한 되 한 홉 후히 뜨고,

아홉 오라버니 명쌀독 열고 보니 거기에도 거미줄이 쳐졌거늘

슬쩍 걷어치우고 한 되 한 홉 후히 뜨고,

당금애기 명쌀독 열고 보니 역시 거미줄이 쳐졌거늘

슬쩍 걷어치우고 한 되 한 홉 후히 뜬다.

뜨고 보니 서 되 서 홉이 족히 되었구나.

고이 담은 쌀을 가지고 나와 문을 닫으려는데, 돌아보면 잠겨 있고 또 하나 나와 닫으려고 돌아보면 어느새 잠겨 있다. 소리 소문 없이 열두 광문이 굳게 닫혔다. 당금애기는 꿈인지 생신지 정신이 아득하고 아득했다.

이렇게 퍼 온 쌀을 당금애기가 금단춘이를 보내 시주하려고 하자 석가여래는 또다시 쌀바가지를 밀어냈다.

"그 쌀은 비린내가 나서 못 받겠다."

옥단춘이를 보내도 마찬가지였다.

"그 쌀은 누린내가 나서 못 받겠다."

별수 없이 당금애기는 금단춘이 앞세우고 옥단춘이 뒤세우고 직접 시주를 나섰다. 후원 별당 문을 열고 통통 걸어 나오며 보니, 검고 얽은

---

* **열두 광문** 광으로 들어가는 문이 열두 겹임을 뜻한다.
* **명쌀독** 명(命)을 비는 뜻으로 쌀을 넣어 두는 독.
* **얽은** 얼굴에 천연두를 앓고 난 자국이 우묵우묵하게 생긴 모양을 말한다.

얼굴에 귀밑에는 땟국이 줄줄 흐르는 나이 많은 스님 하나가 목탁을 들고 서 있었다.

석가여래는 쌀바가지를 들고 나오는 당금애기의 아리따운 자태에 그만 입이 떡 벌어졌다. 이때 당금애기가 붉은 입술을 열었다.

"이 쌀을 시주하오니, 부디 정성 들여 주시기를 청합니다."

금단춘이가 바랑에 쌀을 쏟으려고 하자, 석가여래는 벌컥 성을 냈다.

"어찌 그리 너는 남 앞세우기를 좋아하느냐? 남 대신하는 걸 그리 좋아하거든 변소도 대신 가고, 황천길도 대신 가라."

당금애기는 금단춘이가 부어 주나 자기가 부어 주나 마찬가지라고 생각하고, 서 되 서 홉 되는 쌀을 석가여래의 바랑에 조심스럽게 쏟았다. 그런데 바랑에 쌀이 담기지 않고 땅바닥으로 몽땅 쏟아지는 것이 아닌가.

"에그, 딱한 스님아, 밑 빠진 바랑에 어떻게 쌀을 담으려 하십니까?"

당금애기는 바랑을 들고 방으로 들어가 자기 치마를 쭉 뜯어 눈 깜짝할 사이에 바랑을 기웠다. 그러고 나서 금단춘이와 옥단춘이를 불렀다.

"금단춘아 옥단춘아, 키하고 비를 가지고 오렴."

석가여래는 이 말을 듣고 깜짝 놀랐다.

"우리 절 부처님은 키질, 비질한 곡식은 절대로 아니 받소."

"정히 그렇다면 이 쌀은 쓸어 담아 우리가 먹을 테이니, 광문을 다

● **키** 곡식 따위를 까불러 쭉정이나 티끌을 골라내는 도구.
● **키질, 비질** 키로 곡식을 골라내는 일과 빗자루로 바닥 따위를 쓰는 일.

시 열어 주오. 새 쌀을 떠다 시주하겠습니다."

당금애기가 말하자, 석가여래는 손사래를 쳤다.

"하던 정성 아니면 그만이지 다시란 말이 웬 말이오?"

"어찌해야 지극한 정성이 되나이까?"

"후원 동산에서 광대싸리 스물한 개를 꺾어다 젓가락을 만들어 쌀을 주워 담으면 지극한 정성이 되리로다."

들을수록 석가여래 하는 말이 야속하기 짝이 없어 당금애기가 버럭 성을 냈다.

"남의 집 귀한 처자를 문밖까지 나오게 한 것도 모자라 후원 동산까지 가란 말이 웬 말이오? 광대싸리는커녕 무당싸리도 나는 모르겠소."

그러자 석가여래는 무서운 말을 남긴다.

"그렇다면 마음대로 하시오. 이 쌀로 정성을 들이지 않으면 부모와 영영 이별하리라."

부모 이별한다는 말에 당금애기는 눈이 캄캄, 가슴이 먹먹, 아무 경황이 없는지라 할 수 없이 후원 동산으로 광대싸리를 꺾으러 터덜터덜 걸음을 옮겼다. 산국화 만발한 후원 동산에서 당금애기는 광대싸리로만 고르고 골라 아이담뿍 훔켜잡고 또드락 똑닥 헤아려 스물한 개를 꺾었다. 그리고 나서,

"옜소, 광대싸리인지 무당싸리인지 나는 모르겠소."

하며 샐쭉 토라진 얼굴로 던져 주니, 석가여래는 괜스레 웃음이 났다.

"틀림없는 광대싸리만 꺾어 왔구려. 역시 똑똑한 당금애기로구려."

당금애기는 그 자리에 고이 앉아 쏟아진 쌀을 광대싸리로 한 톨씩

주워 담았다. 그런데 석가여래 거동 보소. 한 톨 주워 담으면 광대싸리를 꺾어 버리고, 또 한 톨 주워 담으면 꺾어 버리니 애써 꺾어 온 광대싸리가 남아나질 않는다. 당금애기는 눈을 가느다랗게 뜨고 소리쳤다.

"서 되 서 홉을 다 주워 담자면 광대싸리 몇 짐을 해 와도 못 당하겠소."

광대싸리 스물한 개는 어느 틈에 다 꺾였는데, 바랑에는 쌀이 얼마 담기지 않았다. 석가여래는 이번에도 정성이 부족한 탓이라며 뜻밖의 말을 했다.

"부친의 식기와 수저를 내어다가 쌀을 주워 담으면 바랑이 찰 것이오."

"남의 집 식기와 수저를 내오란 말이 웬 말이오?"

"허허. 집 나간 사람이 살아서 올지 죽어서 올지 모르는 마당에 식기와 수저만 위하고 있으면 대수요?"

당금애기가 생각하니 그도 그럴듯했다. 당금애기는 금단춘이더러 아버지가 쓰시던 식기와 수저를 내오게 했다. 그리고 아버지 수저로 그릇에 쌀을 담아 옮기니 그제야 빈 바랑이 그득 차기 시작했다. 그렇게 서 되 서 홉을 채우고 보니 해가 서산에 걸렸다.

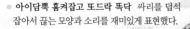

● **아이담뿍 훔켜잡고 또드락 똑닥** 싸리를 덥석 잡아서 끊는 모양과 소리를 재미있게 표현했다.

어서 가오,
바삐 가오

당금애기가 쌀을 다 주워 담고 나자, 별안간 거센 바람이 휘몰아치더니 이내 잠잠해졌다. 석가여래의 너덜너덜한 청포 장삼은 너풀너풀 춤을 추며 당금애기의 어깨를 감싸 안고, 당금애기의 열두 폭 치마는 너울너울 날아가 석가여래의 어깨에 사뿐이 내려앉았다.

남녀가 유별하기에, 당금애기는 서둘러 말했다.

"곧 해가 떨어지고 달이 솟아 밤이 될 터이니 어서 가오. 바삐 가오."

그러나 석가여래는 꿈쩍도 하지 않았다.

"우리 서천서역국에서는 들밭에 나갔다가도 해가 져서 밤이 되면 인간처에서 밤을 새우게 하거늘, 해동조선에서는 인간처에 왔다가도 밤이 되면 들밭으로 내쫓는단 말이오? 문간이라도 허락하여 하룻밤 묵어가게 해 주오."

이 말을 듣고 당금애기가 문간을 허락하거늘,

석가여래 거동 보소.

앉아 보고, 서서 보고, 자세히도 살피더니,

여기서는 못 자겠소.

거기서는 왜 못 자오?

원근성(遠近聲)이 두려우니 안마당을 빌려 주오.

문간이나 마당이나 매한가지니 그리하오.

문간 넘어 안마당에서 앉아 보고, 서서 보고,

벼락 대신 두려워서 여기서는 못 자겠소.

그러걸랑 어디에서 긴긴 밤을 새려 하오?

대청마루 빌려 주면 편히 새고 가리로다.

그러걸랑 그리하오.

석가여래 거동 보소.

이리저리 요리조리 자세히도 살펴본다.

여기서는 못 자겠소.

거기서는 왜 못 자오?

성조지신 두려워서 참말로 난 못 자겠소.

여든 칸 너른 집에 몸 누일 곳 없다 하니,

어서 가오, 바삐 가오.

그렇다면 후원 별당 빌려 주오.

오늘밤은 거기서 새리로다.

● **인간처(人間處)** 인간이 사는 근처.
● **성조지신(成造地神)** 성조신(성주신)과 터주 지신. 성조신은 집을 다스리는 신이고, 터주 지신은 집터를 지키는 신이다.

당금애기가 그 소리를 듣더니 버럭 화를 내며 소리쳤다.

"형제자매 아니거늘 후원 별당 빌려 달란 말이 웬 말이며, 일가친척 아니거늘 한방 쓰잔 말이 웬 말이오? 어서 가오, 바삐 가오. 썩 가 버리시오."

그러나 석가여래는 물러서지 않았다.

"후원 별당이 한 칸하고도 반이니, 한쪽에다 병풍 치고 반 칸은 나를 주면 내외 체통이 분명하지 않겠소?"

당금애기가 생각해 보니 한편으로는 괴롭고, 한편으로는 귀찮더라.

"금단춘아 옥단춘아, 후원 별당에 병풍 쳐라."

이 말을 듣고 석가여래 입가에 알 듯 모를 듯 묘한 미소가 번졌다. 그리고 그제야 군말 없이 후원 별당으로 걸음을 옮겼다.

신발 벗고, 한 발 두 발 들어가서
요리조리 살펴보니 참으로 볼만하다.
동쪽 벽을 바라보니 푸른 학이 쌍쌍 그려져 있고
남쪽 벽을 바라보니 붉은 학이 쌍쌍 그려져 있다.
곱디고운 당금애기 아래 칸에 들고
의기양양 석가여래 위 칸에 든다.

이때 금단춘이와 옥단춘이는 은그릇에 빛깔 좋고 맛깔스러운 반찬을 차려 당금애기의 저녁상을 보았다. 그러자 당금애기가 말했다.

"스님도 저녁 진지 차려 드려라."

금단춘이와 옥단춘이는 종일토록 고생한 생각을 곱씹으며 아주 특별하게 상을 차려 냈다. 귀 떨어진 개다리소반에 길이가 다른 나무젓가락, 닳고 닳은 숟가락 올려놓고, 파리가 들랑날랑하게 밥 한 사발을 퍼서 저녁상이라고 차려 갔다.

석가여래는 밥상을 받아 들더니 병풍을 걷어치우고 땅이 꺼져라 한숨을 쉬었다.

"이것도 내 복이라."

당금애기가 깜짝 놀라 쳐다보니, 차마 자기 눈으로도 볼 수 없는 상이 놓여 있는 것이 아닌가.

"인간 차별 웬 말이며, 음식 층하 웬 말이냐? 나는 너희들만 못해서 스님 시중을 들었겠느냐?"

금단춘이와 옥단춘이는 혼쭐이 나서, 석가여래에게 다시 저녁상을 차려다 주었다.

"아미타불 아미타불, 관세음보살 관세음보살."

석가여래는 그제야 상을 받아 들고는 수저를 들었다.

저녁상을 물리고 나서, 종일토록 몸이 고달팠던 당금애기는 그대로 누워 잠을 청했다. 졸음이 밀려와 스르르 눈이 절로 감겨 깊은 잠에 빠져들었다가 삼경 무렵에 꿈 하나를 꾸었다. 꿈속에서 청룡과 황룡이 여의주를 다투어 물고 하늘로 올라가는 것이 아닌가. 당금애기는 잠깐 깼다가 까무룩 다시 잠이 들었다. 그리고 오경 즈음에 꿈 하나를 더 꾸었다.

천상 선관 내려와서 구슬 셋 건네준다.

모양도 곱고, 빛깔도 곱고, 향도 고와

두 손에 담뿍 쥐어도 보고

작은 입 한가득 물어도 보고

옷고름에 넣어도 보고

허리춤에 꽂아도 본다.

그러나 깨고 보니 꿈이었다. 잠이 구만리 밖으로 달아나 등촉에 불을 밝혀 주위를 둘러보던 당금애기는 화들짝 놀랐다. 덮고 자던 처네는 온데간데없고 색 바랜 청포 장삼이 제 몸을 덮고 있는 것 아닌가. 병풍을 살그머니 밀고 살펴보니 당금애기의 처네는 석가여래가 덮고 있다. 당금애기는 화가 나 처네를 잡아당기며 버럭 소리를 질렀다.

"중놈의 버릇 다 그러하냐? 중놈의 행실 다 그러하냐?"

"대체 내가 무슨 죄를 지었기에 이리하오?"

단잠 자다 날벼락 맞은 석가여래가 깜짝 놀라 일어났다. 당금애기는 앙칼지게 처네를 잡아당기며 쏘아붙였다.

● **개다리소반** 상다리 모양이 개의 다리처럼 휜, 되는 대로 마구 만든 작은 밥상.
● **파리가 들랑날랑하게** 밥을 꾹꾹 눌러 담지 않고 허술하게 담았다는 뜻.
● **음식 충하** 얕잡아 보아 형편없는 음식을 대접하는 것을 뜻한다.
● **삼경(三更)** 밤 열한 시에서 새벽 한 시 사이.
● **오경(五更)** 새벽 세 시에서 다섯 시 사이.
● **처네** 이불 밑에 덧덮는 작고 얇은 이불.

"남의 집 귀한 처자가 덮고 자던 처녀를 어찌 가져다 덮고 자오? 입이 있거든 말을 해 보오."

석가여래는 천역덕스레 말을 받는다.

"빛도 좋고, 향도 좋고, 탐도 나서 덮고 잤소. 헌데 낡아 빠진 청포 장삼은 무엇이 탐이 나서 덮고 잤소?"

당금애기가 머쓱하여 답한다.

"탐이 나서 그리한 것이 아니라, 하늘이 웬 짐승을 시켜서 그리하였나 보오."

"그랬소? 나도 본래부터 탐이 나서 그리한 것이 아니라, 하늘이 웬 짐승을 시켜서 그리하였나 보오."

석가여래는 부끄러워하는 당금애기를 보며 짓궂게 히죽히죽 웃었다. 당금애기는 정색을 하며 석가여래를 재촉했다.

"날이 새었으니 어서 가오. 바삐 가오."

석가여래는 자리를 떨치고 일어나다 말고 뜬금없는 말을 뱉었다.

"가기는 가겠으나 간밤에 꿈을 꾸었을 터, 해몽이나 하고 가리다."

"남이야 꿈을 꾸건 말건 무슨 상관이오? 어서 가오, 바삐 가오."

당금애기가 아랑곳하지 않고 재촉을 하니, 석가여래는 청천벽력 같은 말을 남긴다.

"아들 세쌍둥이 얻을 꿈이로다."

당금애기는 성질이 벌컥 나서 베개를 집어 던지며 소리쳤다.

"중놈의 행실 다 그러하냐? 남의 집 귀한 처녀더러 아들 세쌍둥이 얻는단 말이 웬 말이냐? 썩 꺼져라, 썩 꺼져."

"가기는 가겠으나 훗날 나 찾을 일이 있을 것이오. 나는 서천서역국 금불암 사는 석가여래니 잊지 말고 찾아오구려."

"흥! 죽기 전에 찾아갈 일 만무로다."

석가여래는 그제야 부스럭부스럭 신을 신는가 싶더니, 별안간 온데 간데없이 사라졌다.

한 사람이
네 사람이 되었구나

 "하늘로 날아오른 모양이다."

석가여래가 흔적도 없이 눈앞에서 사라지자 당금애기는 공연히 허전한 마음이 들어 금단춘이와 옥단춘이를 깨워 등촉을 높이 들고 여든 칸 너른 집을 두루 살폈다. 열두 대문은 언제 그랬냐는 듯이 굳게 잠겨 있었다.

석가여래가 홀연 나타났다 홀연 사라지고, 그렁저렁 해와 달이 엇갈렸다. 이튿날은 당금애기의 생일이었다. 금단춘이와 옥단춘이는 정성껏 당금애기의 생일상을 차려 냈다. 하지만 당금애기는 마음이 편치 않아 숟가락도 들지 못하고 그대로 상을 물리고는 종일토록 석가여래의 말을 곱씹어 보았다.

아들 세쌍둥이 얻을 꿈이로다.
아들 세쌍둥이 얻을 꿈이로다.
아들 세쌍둥이 얻을 꿈이로다.

　석가여래의 말이 메아리가 되어 온종일 당금애기의 마음을 심란하
게 했다. 도무지 분한 마음이 풀리지 않았다. 그날부터 당금애기는 부
쩍 피곤함을 느끼고, 입맛을 잃은지라.
　'내 몸이 점점 쇠약해지고, 밥을 못 먹으니 필시 병이 든 모양이다.'
　한 달, 두 달, 석 달이 지나면서 그나마 남아 있던 입맛도 달아나 버
렸다.

갓 지은 밥에서 생쌀 냄새 웬일이냐,
맑디맑은 물에서 썩은 냄새 웬일이냐.
동지섣달에 풋대추가 어디 없나.
머루, 다래 없거들랑 뿌리라도 캐어 볼까?

이렇게 세월을 보낼 적에, 해가 바뀌어 정월이 되었다. 달이 갈수록
당금애기는 힘들어 하더니 결국에는 앓아눕게 되었다. 금단춘이와 옥
단춘이가 노니는 소리 귓가에 쟁쟁한데, 당금애기 홀로 누워 생각하
니 처량하기 그지없다.

'이 노릇을 어찌하나, 이 노릇을 어찌해.'

몸져누워 하루하루를 지내는 자신의 신세를 생각하니 당금애기의
근심은 더욱 깊어졌다.

하루는 조르륵조르륵 똑똑 맑은 소리가 당금애기의 귀에 닿았다.
동지섣달 매서운 바람에 가득 쌓였던 눈이 우수와 경칩이 되자 스르
르 녹아 졸졸 흐르는 소리였다.

'봄도 오고 있는데, 내 신세는 바뀌지 않는구나. 애고 답답, 내 신세야.'

당금애기가 한탄할 적에, 제비들이 지저귀며 노는 소리가 귓가에
들려왔다. 어느덧 강남 갔던 제비들이 돌아온다는 삼월이 되었다. 잎
은 돋아 푸른 산을 이루고, 꽃은 피어 꽃산을 이루니 이 산 저 산 이

● **우수와 경칩** 이십사절기의 하나로 우수는 양력 이월 십팔 일경이며, 경칩은 우수 다음으로 양력 삼월 오
일경이다.

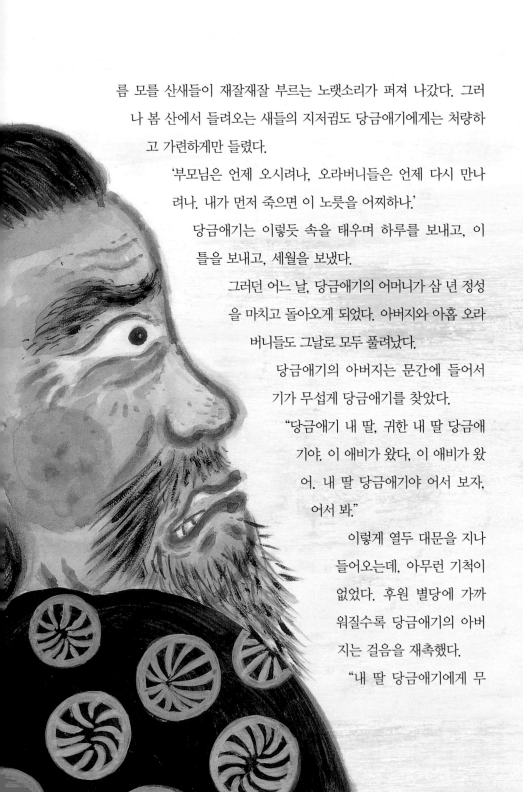

름 모를 산새들이 재잘재잘 부르는 노랫소리가 퍼져 나갔다. 그러나 봄 산에서 들려오는 새들의 지저귐도 당금애기에게는 처량하고 가련하게만 들렸다.

'부모님은 언제 오시려나, 오라버니들은 언제 다시 만나려나. 내가 먼저 죽으면 이 노릇을 어찌하나.'

당금애기는 이렇듯 속을 태우며 하루를 보내고, 이틀을 보내고, 세월을 보냈다.

그러던 어느 날, 당금애기의 어머니가 삼 년 정성을 마치고 돌아오게 되었다. 아버지와 아홉 오라버니들도 그날로 모두 풀려났다.

당금애기의 아버지는 문간에 들어서기가 무섭게 당금애기를 찾았다.

"당금애기 내 딸, 귀한 내 딸 당금애기야. 이 애비가 왔다, 이 애비가 왔어. 내 딸 당금애기야 어서 보자, 어서 봐."

이렇게 열두 대문을 지나 들어오는데, 아무런 기척이 없었다. 후원 별당에 가까워질수록 당금애기의 아버지는 걸음을 재촉했다.

"내 딸 당금애기에게 무

슨 일이 있더냐? 당금애기야, 못난 애비가 이제야 왔다."

　후원 별당 문을 벌컥 열고 보니, 몸이 깍짓동만 한 당금애기가 눈물을 주룩 흘리며 말 한마디 못하고 드러누워 있다. 아버지는 깜짝 놀라 우르르 달려들어 당금애기를 왈칵 끌어안았다.

　아버지는 가까스로 마음을 가라앉히고 그날로 면면촌촌, 방방곡곡, 산지사방으로 사람을 보냈다. 용하다고 소문난 맥쟁이와 침쟁이, 약쟁이를 두루 찾아오게 했지만 헛일이었다. 당금애기가 끙끙 앓는 소리는 날로 커져 갔고, 까닭 모르는 부모 속은 시커멓게 타들어 갔다.

● **깍짓동** 몹시 뚱뚱한 사람의 몸집을 비유적으로 이르는 말.
● **맥쟁이** 병을 진찰하기 위해 손목의 맥을 짚어 보는 사람.

답답하기 그지없던 당금애기의 어머니는 돈 천 냥을 꺼냈다.

'에라, 별수 없다. 문복이나 하여 보리라.'

그러고는 신통하기로 하늘 아래 따를 자가 없다는 점쟁이를 찾아갔다. 점쟁이는 팔각 산통을 높이 쳐들어 점을 쳤다. 그런데 한참 점괘를 내어 보더니 말하는 것이었다.

"나는 모르겠소."

"선생이 모르면 누가 알리오? 그러지 말고 점괘에 나타난 그대로를 풀어 주오."

당금애기의 어머니가 사정을 하자 점쟁이는 입을 뗐다.

"그러면 용서하오. 점괘가 잘못 난 것인지는 모르겠으나, 작년 시월 십오 일에 서천 사는 중 하나가 하루 저녁 자고 간 일밖에는 아니 나옵니다."

당금애기 어머니는 그 말을 듣고 억장이 무너지고 온 천지가 까맣게 보이는지라, 이렇게 저렇게 말을 할 수 없었다.

'팔자 도망은 못 한다더니, 타고난 팔자는 못 속이는구나. 중 사위를 둔다 하더니, 어찌 그리 맞는지……'

집으로 돌아가 점괘를 전하자 당금애기 아버지는 눈에 천불이 났다. 당장에 금단춘이와 옥단춘이를 불러다가 형틀에 앉히고 태산 같은 매를 치니, 아픔을 견디지 못하고 금단춘이와 옥단춘이가 사실대로 털어놓는다.

"작년 시월 십오 일 한 중이 찾아와서 자고 간 일밖에는 없습니다."

슬픔과 절망이 끝없이 엇갈리는 가운데 당금애기의 아버지는 참을 수 없는 분노를 터뜨렸다.

"꽃처럼 고이 기르고 사랑했거늘, 어찌 이럴 수 있느냐? 너는 이제 내 딸이 아니다. 내 손으로 죽이리라."

당금애기의 어머니는 눈물을 흘리며 필사적으로 말렸다.

"날짐승과 길짐승도 제 새끼는 아니 죽이거늘, 사람으로서 어찌 제 자식을 죽인다 하십니까? 후원 동산에 토굴을 만들어 가둬 두고, 굶어 죽든 얼어 죽든 제 명(命)대로 하게 합시다."

그러자 당금애기의 아버지는 후원 동산에 토굴을 만들고서 무서운 명령을 내린다.

"토굴 속으로 들어가거라. 너는 이제 내 딸이 아니다."

그 길로 당금애기는 후원 동산 토굴로 들어갔다. 빛 한 줄기 새어 들어오지 않는 칠흑 같은 토굴에 누워 있자니, 기막힌 노릇이었다. 보이는 것은 어둠뿐이고, 들리는 것은 제 심장 소리뿐이라. 그런데 한편으로는 마음 편하기 그지없었다.

"죽기 아니면 살기로다. 살기 아니면 죽기로다."

이렇게 생각하니 오히려 마음이 가벼웠다.

한편, 당금애기의 어머니는 식구들 몰래 시시때때로 밥을 지어다가 당금애기에게 먹여 목숨을 살렸다.

그렁저렁 세월이 흘러 음력 칠월 십사 일이 되었다. 그날은 이른 아

● **문복**(問卜) 점쟁이에게 운이 좋은지 나쁜지를 물어보는 것.
● **산통**(算筒) 점을 칠 때 쓰는 네모 기둥꼴로 된 산가지를 넣은 통.

침부터 비가 내리기 시작해 온종일 장대같이 퍼부었다. 당금애기의 어머니는 애꿎은 하늘을 원망하며, 발을 동동 굴렀다.

"하늘도 무심하고 야속하오. 가여운 내 딸 당금애기 후원 동산 토굴 속에 있는 줄 아시면서 이렇게도 비를 많이 내리신단 말이오. 굴속에 물이 그득 고여 내 딸 당금애기 두리둥실 떠올랐을 텐데, 이 노릇을 어찌하오."

그날 당금애기는 무거운 몸을 풀게 되었는데, 그 모양이 이러했다.

천상선녀들이 내려와 아이를 받아 든다.
첫째 아이가 탄생하니
옥병에 물을 내어 정성스레 씻기고
청색 띠를 매어 놓는다.
둘째 아이가 탄생하니
옥병에 물을 내어 정성스레 씻기고
황색 띠를 매어 놓는다.
셋째 아이가 탄생하니
옥병에 물을 내어 정성스레 씻기고
백색 띠를 매어 놓는다.

그리고 나서 천상선녀가 말했다.
"부인, 애쓰셨습니다. 이거 하나 잡수소서."
천상선녀가 주는 것을 당금애기가 받아먹으니 고프던 배는 불러 오고, 춥던 몸은 따뜻해졌다.

"청색 띠를 맨 아이가 첫째요, 황색 띠를 맨 아이가 둘째요, 백색 띠를 맨 아이가 셋째니, 아무쪼록 곱디곱게 기르소서. 아이들이 일곱 살이 되거든 아이들 아버지를 찾아가소서. 아이들 아버지는 서천서역국 금불암에 사는 석가여래니 잊지 말고 찾아가소서."

천상선녀들은 말을 마치자 두리둥실 하늘로 떠올랐다. 그제야 비가 그치고 날이 개었다.

당금애기 어머니는 서둘러 후원 동산에 올랐다. 동산 여기저기에서 물이 펑펑 흘러나오는 것을 보니 가슴이 덜컥 내려앉았다. 그러나 토굴 주변은 풀 잎사귀 하나 젖지 않았고, 토굴 안에는 한 사람이 아니라 네 사람이 있었다.

"그러면 그렇지. 하늘이 아니 도와주실 리 만무하다. 네 몸을 가리기 위해 비 내리신 것을 모르고, 공연히 근심만 가득했구나."

당금애기의 어머니는 마음을 놓았다.

한여름에는 시원한 바람이 불고 한겨울에는 따뜻한 기운이 돌아 토굴 안의 네 사람에게는 근심 하나 없었다.

세월은 물같이 흘렀다. 세쌍둥이는 한두 살에 걸음을 배워 아장아장 걷더니, 서너 살에는 말을 배워 옹알옹알 말을 했다. 당금애기는 세쌍둥이가 무럭무럭 자라나는 것을 보면서 세월이 어떻게 흐르는지도 모른 채 하루하루를 보냈다.

아버지 찾아
길 떠나는 세쌍둥이

세쌍둥이가 태어난 지 여섯 해가 흘렀을 때, 하루는 밖에서 놀다 들어온 아이들이 그렁그렁한 눈망울로 당금애기에게 물었다.

"아이들이 우리를 보고 성도 없고 아버지도 없다 하며 놀려 댔어요. 우리의 성은 뭐예요? 아버지는 어디 계세요? 알려 주세요, 어머니."

당금애기가 생각하니 한편으로는 부끄럽고, 한편으로는 기가 막혔다.

"세상천지에 성이 없는 사람이 어디 있으며, 아비 없는 사람이 어디 있겠느냐? 너희들 성은 왕가로, 서천서역국 금불암에 계신 석가여래가 너희 아버지란다."

하나가 풀리자 다른 하나가 궁금해진 세쌍둥이는 입을 모아 물었다.

"그러면 우리는 왜 이런 토굴 속에서 살아요?"

곰곰 궁리를 하던 당금애기는 반은 바른대로, 반은 거짓으로 지어

냈다.

"본래부터 그랬던 것은 아니란다. 너희 아버지와 살다가 외할아버지 눈 밖에 나서 쫓겨나게 되었는데, 이 어미가 너희들을 배 속에 품고 있을 때라 아버지와 함께 먼 길을 떠날 수 없는 처지였다. 그래서 너희 아버지께서 이곳에다 토굴을 지어 주고, 너희들이 커서 걸어 다닐 나이가 되면 찾아오라며 단단히 당부하고 가셨단다."

아이들은 그 말을 듣고 다시 물었다.

"그럼, 우리 외할아버지 외할머니는 살아 계세요? 외가가 어디 있어요?"

"살아 계시지. 너희 외가는 토굴 아래에 있는 저기 저 댁이란다."

당금애기가 말을 마치자, 세쌍둥이는 결심한 듯 말을 이었다.

"외할아버지와 외할머니를 뵙고 오겠어요."

세쌍둥이는 후원 동산 아래로 내려가서 외할아버지와 외할머니를 찾았다. 그리고 나란히 절을 하고 나서 말했다.

"외할아버지 외할머니, 처음 뵙겠습니다."

당금애기의 부모는 뜻밖의 일에 어안이 벙벙하여 잠시 동안 아무런 말도 할 수 없었다.

'외할아버지라니, 대체 무슨 말인가? 그렇다면 내 딸 당금애기가 살아 있단 말인가? 아니다, 그럴 리 없다.'

당금애기의 아버지는 고개를 가로젓더니, 이윽고 입을 열었다.

"너희들이 집을 잘못 찾아온 것 같구나. 나는 딸이 없는 사람이거늘, 외손자가 있을 리 만무하다."

세쌍둥이는 조금의 망설임도 없이 대답했다.

"아니에요. 저희는 분명히 바로 찾아왔습니다."

"너희들이 바로 찾아왔다고 말하면 무엇하겠느냐? 나는 딸이 없는 사람이라 외손자도 없구나."

"그게 무슨 말씀이세요? 우리 어머니 당금애기를 모르신단 말씀이세요? 정말 너무하십니다."

세쌍둥이의 말을 듣고 당금애기의 아버지는 가슴이 내려앉는 것만

같았다. 도무지 입이 떨어지지 않았다. 죽은 줄로만 알았던 딸이 살아 있다니 한편으로는 반갑고, 한편으로는 미안하고, 한편으로는 안쓰럽기 그지없었다. 당금애기의 아버지와 어머니는 세쌍둥이를 부둥켜안고 한동안 눈물만 흘렸다.

그 후로 다시 한 해가 흘러갔다. 세쌍둥이는 당금애기 앞에 무릎을 단정히 꿇고 앉아 말했다.

"어머니, 이제 저희 셋은 천 리 길도 갈 수 있고 만 리 길도 갈 수 있어요. 어서어서 아버지를 찾아가서 우리 식구 함께 살아요."

그러고는 길을 재촉했다.

가자, 가자, 어서 가자.
아버지를 찾아가자.
아버지 계신 서천서역국을 찾아가자.

당금애기는 세쌍둥이를 앞세우고 서천서역국을 찾아 나섰다.

"어머니 아버지, 오라버니들. 안녕히 계세요. 후원 동산아, 부디 잘 있어라. 일곱 해 동안 태산 같은 신세를 졌거늘, 그 신세 언제나 갚으려나."

애틋한 마음을 뒤로하고 걷다 보니, 어느새 후원 동산은 멀어지고 서천서역국이 가까워졌다.

남편 찾아, 아버지 찾아 삼만 리

당금애기와 세쌍둥이는 석가여래를 찾아 멀고 먼 길을 떠납니다. 우리 신화 속에서는 이렇게 남편과 아내, 또는 아버지와 자식이 헤어졌다가 오랜 세월이 흐른 뒤에 다시 만나는 장면이 종종 등장합니다. 그들은 어떤 험난한 과정을 거쳐서 '가족'이라는 자신들의 뿌리를 찾을까요? 뿔뿔이 헤어졌던 가족들이 다시 만나기까지, 구구절절한 그들의 이야기에 귀 기울여 봅시다.

망묵굿의 청정각시와 도랑선비

청정각시와 도랑선비는 혼례를 올렸으나 그날부터 도랑선비가 앓아눕더니 그만 죽고 말았습니다. 청정각시의 슬픈 울음소리가 옥황상제 귀에까지 닿았고, 옥황상제는 선인(仙人)을 인간 세상으로 내려보내 청정각시에게 남편 만날 방법을 일러 줍니다. 그러나 청정각시가 붙잡으려 하면 도랑선비는 사라져 버려, 네 번이나 시도한 끝에 가까스로 남편과 함께 집으로 돌아가게 됩니다. 가는 길에 다리 하나를 만나는데, 청정각시는 도랑선비의 말을 따라 물속으로 뛰어내려 죽음을 택하고, 저승에서 남편을 다시 만나 살다가 신으로 모셔졌답니다.

〈칠성풀이〉의 일곱 형제와 칠성님

칠성님과 매화 부인은 자식이 없어 근심하다 명산을 찾아가 정성껏 기도를 올린 뒤 아이를 낳습니다. 그런데 해괴하게도 일곱이나 태어나지요. 칠성님은 탄식하면서 나가 버렸고, 매화 부인은 그만 세상을 떠납니다. 매화 부인이 죽자 칠성님은 용예 부인에게 새 장가를 듭니다. 아버지에게 버림받다시피 한 일곱 형제는 유모의 보살핌으로 자라다가 우여곡절 끝에 칠성님을 만나게 되지요. 용예 부인의 계략으로 죽을 뻔하기도 하지만, 일곱 형제는 슬기롭게 극복하고 밤하늘의 북두칠성이 됩니다.

〈원천강본풀이〉의 오늘이와 신관 선녀

적막한 들판에 홀로 나타난 오늘이는 마을 사람들의 보살핌으로 무럭무럭 자랍니다. 그러던 어느 날 부모가 신관 선녀가 되어 원천강을 지키고 있다는 말을 듣고 길을 나서지요. 오늘이는 흰 모래가 펼쳐진 별층당에서 글 읽는 도령, 연꽃 나무, 여의주를 세 개 물고도 용이 되지 못하는 뱀, 매일 글을 읽는 매일이, 구명 뚫린 두레박으로 물을 길으며 울고 있는 천하궁 선녀들의 도움으로 원천강에 다다릅니다. 그곳에서 부모님을 만난 오늘이는 못 다한 이야기를 나누고, 지상에서 부탁 받은 일들을 해결한 뒤 다시 인간 세상으로 돌아오지요. 훗날 오늘이는 옥황상제의 부름으로 하늘나라 선녀가 되어 원천강을 돌보면서 세상에 사계절 소식을 전하는 일을 맡게 됩니다.

〈이공본풀이〉의 한락궁이와 사라도령

김진국과 원진국은 갖은 정성을 들여 각각 아들 사라 도령과 딸 원강 아미를 얻은 뒤 둘을 맺어 줍니다. 사라 도령이 서천꽃밭의 꽃감관이 되어 길을 떠나자 원강아미도 따라나섭니다. 하지만 아이를 품고 있던 원강아미가 도중에 병이 나자 둘은 다시 만날 날을 기약하며 징표로 얼레빗을 나누어 갖고 이별합니다. 얼마 후 원강아미는 아들을 낳아 '한락궁이'라고 이름을 지었습니다. 천년장자는 혼인을 하자며 원강아미를 괴롭혔는데 그 횡포가 나날이 심해졌습니다. 한락궁이는 자라서 아버지를 찾아 서천꽃밭으로 향합니다. 그리고 그곳에서 아버지 사라 도령을 만난 뒤 웃음꽃, 울음꽃, 수레멸망악심꽃, 환생꽃을 들고 와 죽은 어머니를 살립니다. 그 후 한락궁이는 아버지의 뒤를 이어서 서천꽃밭을 다스리게 됩니다.

삼신이 된
당금애기

한 달 가고, 두 달 가고, 그렁저렁 걸어가다 보니 큰 강에 다다
랐다. 그 강을 건너야만 될 터인데, 굽이굽이 흐르는 강줄기를 따라
아무리 오르락내리락해 봐도 뾰족한 수가 없었다. 그때 한 스님이 나
타났다.

"어디를 가시기에 이 강을 건너려고 애쓰십니까?"

"우리는 서천서역국 금불암을 찾아가는 길입니다."

"금불암에는 어떤 일로 가십니까?"

"석가여래를 찾아가옵니다."

그 소리를 듣더니 스님은 반가워하며 말을 이었다.

"아, 그분은 우리 절에 계신 스승님이온데, 그러시다면 제가 건너게 해 드리지요."

스님은 동쪽으로 뻗은 버드나무 가지의 잎을 주욱 훑어 작은 배를 만들더니 강물에 둥실 띄우고 어서 타라고 재촉했다. 눈 깜짝할 사이에 일어난 일이라 당금애기와 세쌍둥이는 어안이 벙벙했다.

버들잎 배 타고서 두리둥실 떠간다.
강가 모래 위에 발을 딛고 보니
스님도 감감, 배도 감감
버들잎만 둥둥 떠내려간다.

당금애기가 생각하니 기막힌 노릇이라.

'우리가 저 버들잎을 타고 건너왔단 말인가? 스님의 재주 참으로 신통하다. 금불암에 있는 사람들은 모두 재주가 좋은 모양이니, 어서 가

서 만나 보리라.'

당금애기와 세쌍둥이는 부지런히 금불암을 찾아갔다. 금불암은 절
도 크고 스님도 많아서 오글오글 와글와글 북적였다.

"갑자년 사월 팔 일 오시에 태어난 석가여래가 어디 계십니까?"

당금애기는 석가여래를 찾을 요량으로 한 스님에게 물었다. 스님은
손가락으로 방 하나를 가리켰다.

"저기, 저 방에 계십니다."

스님이 알려 준 방문을 열고 보니 새파랗게 젊은 스님이 누워 있는
것이 아닌가. 당금애기는 고개를 갸우뚱거리며 방문을 닫고 나왔다.

"저 방에 계신 분은 아닙니다."

고개를 저었더니, 스님이 다시 물었다.

"어떤 분을 찾기에 그분이 아니라고 하십니까?"

"갑자년 사월 팔 일 오시에 태어난 석가여래를 찾는다고 말씀드리
지 않았습니까?"

"그렇다면 그분이 분명하거늘, 어찌 아니라고 하십니까?"

"아니에요, 그분은 절대 아닙니다. 제가 찾는 분은 백팔십 살 족히
되는 나이 많은 백발노인입니다."

그러자 스님은 껄껄껄 웃음을 터뜨렸다.

"허허, 그렇다면 감쪽같이 속으셨군요. 우리 스승님은 자유자재로
둔갑술을 쓰신답니다. 저 방에 계신 분이 분명하오니 염려 마옵소서."

당금애기가 다시 생각해 보니 나이 많은 갑자년 생만 있는 것이 아니
거늘, 손가락을 꼽아 나이를 따져 보니 자기보다 세 살 위였다. 당금애

기 얼굴에 씽긋 소리 없는 웃음이 번지더니 기분 좋게 방문을 열었다.

"대사님, 일어나오. 해동조선에 살던 당금애기가 여기까지 먼 길 찾아왔으니 어서어서 일어나 보오."

석가여래는 곤히 자는 척하며 슬쩍 돌아누웠다.

"꿈도 이상하다. 해동조선에 살던 당금애기가 꿈에 보이니 웬일인가?"

"꿈이 아니라 생시이오니, 이제 그만 일어나오."

당금애기가 재촉하자, 석가여래는 벌떡 일어나 눈을 꼭 감고 귀를 막았다.

"큰일 났구나. 꿈에 얼굴이 보이고 생시에는 음성이 들리니, 당금애기가 죽어 귀신이 되어 나를 해코지하려는 것이 틀림없다. 주문을 외워 쫓아 버리리라."

석가여래가 귀신 쫓는 주문을 외우자, 당금애기는 눈물을 뚝뚝 떨

어뜨리며 말했다.

"너무하고, 너무하오. 어쩌면 이리도 야속하오? 이 무슨 해괴한 앙 갚음이란 말이오. 내가 살아 여기까지 올 때에 얼마나 고생을 했겠소? 홀로 아이 셋을 낳아 칠 년을 키웠거늘, 그 사연을 생각하면 어찌 이 리한단 말이오."

문밖에서 제 어미의 말소리를 듣고 있던 세쌍둥이도 우르르 달려들 어 석가여래 앞에 엎드렸다.

"아버지!"

그제야 석가여래는 아들 셋을 끌어안고, 당금애기의 손을 잡았다. 가슴 깊은 곳에서 뜨거운 눈물이 차올라 넘쳐흘렀다.

칠 년, 모진 세월을 어찌 버텼소?
홀로 얼마나 고생했소?
애들아, 너희들도 얼마나 힘들었느냐?
모든 것이 내 죄로다.
여보, 부인 잘못했소.
용서하고 용서하여 주오.
애들아, 미안하고 미안하다.
못난 애비를 용서하려무나.

"그러나저러나 어떤 아이가 큰 아이고, 어떤 아이가 둘째, 어떤 아이 가 셋째요?"

"청색 띠를 맨 아이가 첫째, 황색 띠를 맨 아이가 둘째, 백색 띠를 맨 아이가 셋째라오."

"그럼 이름은 뭐라고 지었소?"

"우리 부부 만났을 때 지으려고 아직 아니 지었나이다."

"고생한 이야기는 살며 두고두고 하더라도 우리 세 아들 이름부터 지읍시다."

"그러지요. 생전 변치 않도록 지어 봅시다."

당금애기가 말을 마치자, 석가여래가 이름을 짓기 시작한다.

"첫째 이름부터 지어 봅시다. 청색 띠를 둘렀으니, 청산(靑山)이라고 하면 어떠할까?"

"삼사월에나 푸르지, 구시월에도 푸른 산이오? 변해서 못 쓰겠소."

"그럼 무어라 지어야 옳겠소?"

당금애기가 잠시 생각하더니 대답한다.

"맏이로 낳았으니 '맏 형(兄)' 자 한 자 떼고, '부처 불(佛)' 자 한 자 떼어 '형불(兄佛)'이라고 지읍시다."

석가여래 그 소리를 듣더니 반색하며 당금애기의 어깨를 토닥인다.

"그 이름 참 잘도 지었소. 과연 여중군자구려. 이렇게 이름을 잘 지으면서 아직껏 이름을 아니 짓고 있었단 말이오?"

당금애기는 두 볼이 붉게 물들어 석가여래를 재촉했다.

"둘째 아이 이름을 지어 보세요."

"둘째는 황색 띠를 둘렀으니, '황산(黃山)'이라고 지으면 어떠할까?"

"구시월에나 황산이지, 동지섣달에도 울긋불긋 누런 빛깔 산이오? 변해서 못 쓰겠소."

"그러면 무어라 지어야 옳겠소?"

"이 아이는 둘째 아이니 '이 재(再)' 자 한 자 떼고, '부처 불(佛)' 자 한 자 떼어 '재불(再佛)'이라고 지읍시다."

"허허, 그 이름 참 잘 지었소. 그러나저러나 아들 셋을 두고도 이름 하나 못 지어 주니, 셋째 아이 이름은 기필코 내가 지어 보겠소. 마음에 안 들더라도 너그러이 봐주시오, 부인."

석가여래는 곰곰 생각하더니 무릎을 탁 치며 말했다.

"셋째는 '백산(白山)'이라고 하면 어떻겠소?"

그러자 당금애기가 안타깝다는 듯이 대꾸한다.

"딱도 하오. 산속에 산다고 '뫼 산(山)' 자만 배웠소? 어찌 그리 산 일색이오?"

"이번에도 못 쓰겠소?"

"동지섣달에나 눈 덮인 흰 산이지, 오뉴월에도 그러하오? 변해서 못 쓰겠소."

"그럼 이번에도 부인이 지어 보오."

석가여래가 권하자 당금애기가 곰곰 생각하더니 대답한다.

"이 아이는 셋째이니 '석 삼(三)' 자 한 자 떼고, '부처 불(佛)' 자 한 자 떼어 '삼불(三佛)'이라고 지읍시다."

석가여래는 만족스럽게 웃었다.

"역시 내 부인 당금애기요. 형불, 재불, 삼불, 세 부처가 되었구려."

석가여래와 당금애기는 아들 세쌍둥이와 더불어 웃음으로 세월을 보냈다. 가족이 한 지붕 아래 모여 사니 이보다 더한 복이 또 있을까.

석가여래는 일흔셋이 하늘이 정한 수명이고
당금애기는 일흔이 하늘이 정한 수명이라.
석가여래 도를 닦아 천상 선관 되고
당금애기 도를 닦아 천상선녀 되었구나.
석가여래 당금애기를 꼬옥 안고,
안개로 병풍 치고 무지개로 다리 만들어
하늘로, 하늘로 높이높이 올라간다.

당금애기는 이렇게 하늘로 올라가, 아이 셋을 낳아 훌륭히 키운 공으로 삼신이 되었다. 탄생의 신이 되어 온 세상을 두루 살펴 집집마다 아이를 점지하고, 순산하도록 도와주며, 태어난 아이가 무럭무럭 자랄 수 있도록 보듬고 돌봐 주는 것이었다.

당금애기와 세쌍둥이, 그 후 이야기

당금애기 신화는 우리의 서사 무가를 대표하는 작품으로 지금까지 모두 60여 편이 넘는 이야기가 채록되었으며, 조금씩 다른 형태로 전국 각지에서 전해 오고 있습니다. 당금애기 이야기가 하나뿐인 줄 알았다고요? 그럼 지금부터, 각기 다른 당금애기와 세쌍둥이, 그 후의 이야기를 공개합니다!

강계 전명수본

평양 정운학본

양평 김용식본

영월 이남순본

화성 김수희본

청주 유진찬본

대전 송선자본

영동 배동주본

영덕 최음전본

영일 김유선본

제주 안사인본

제주 김명운본

아무도 신이 되지 않는 경우

당금애기와 세쌍둥이 모두 신이 되지 못하는 것으로 끝을 맺는 이야기는 주로 전라도 지역에서 전승되었습니다. 이는 무속 신화로서의 성격이 매우 약하다고 할 수 있으며 '강계 전명수본', '청주 유진찬본' 등에서 찾아볼 수 있지요.

일취월장으로 자라나서 글공부를 하니 천자문은 기본이고 동몽선습, 사서삼경을 능히 깨우치니 석가여래가 사랑에 겨워한다. "장부의 글이라면 모를까 중의 글이라 허사로다." 하는 수 없이 옥황 전에 성명을 기록하고 두 어깨에는 해와 달을 얹어 주며, 두 손에는 복(福)과 명(命)을 쥐어 주고 인간 세상으로 환송하여 보냈다.

_청주 유진찬본

당금애기만 신이 되는 경우

'영월 이남순본'에서는 당금애기가 사마씨가 되었다고 전하
며 '영덕 최음전본'에서는 세준할머니가 되었다고 전합
니다. 이때 사마씨나 세준할머니는 세상을 두루
살펴 집집마다 아이를 점지하고, 순산하도록 도
와주며, 병 없이 자라게 돌봐 주는 삼신할머니의
또 다른 이름이지요.

석가여래는 당금애기에게 집집마다 귀한 자식 얻으려고 모시는 세준할머니가 되라고 했
다. 그리하여 당금애기는 아들을 점지하고 딸을 점지하며, 좋은 운수를 주고 소망을 주는
세준할머니로 조선 땅에 내려왔다. _영덕 최음전본

세쌍둥이만 신이 되는 경우

'화성 김수희본', '양평 김용식본' 등에서는 세쌍둥이가 삼불제석이 되고 '제주 김명윤
본', '제주 안사인본' 등에서는 삼시왕이 된다고 전하고 있습니다. '대전 송선자본'에서
는 세쌍둥이가 세상을 두루 돌아다니며 복을 주고 '화성 김수희본', '영동 배동주본'
등에서는 당금애기가 신이 되지 않고 하늘로 승천했다고 하지요.

당금애기는 하늘로 올라갔다. 홀로 남겨진 석가여래가 어미 없
이 세쌍둥이를 정성으로 기르니, 아이들은 점점 자라 조
선 땅으로 내려올 나이가 되었다. 나무배는 파산되고,
무쇠 배는 가라앉고, 종이배는 미어지니 수양버들
잎을 타고서 조선 땅에 내려왔다. 인간 세
상에 당도한 세쌍둥이는 삼불제석으로
좌정했다. _화성 김수희본

모두가 신이 되는 경우

당금애기와 세쌍둥이가 함께 신이 되는 경우는 대체로 당금애기가 삼신할머니가 됩니다. '평양 정운학본'에서는 당금애기가 서천국에서 세상을 구원하며, 세쌍둥이는 삼불제석 혹은 금강산신령, 태백산문수보살, 골매기성황 등이 된다고 전해집니다. 동해안 지역에서 채록된 이본들은 당금애기가 바로 신이 되지 않고, 벌레가 되었다가 세쌍둥이의 애원으로 다시 신이 된다는 이야기가 덧붙여져 있습니다.

석가여래가 이르기를, 첫째는 금강산에 부처님으로 내려가고, 둘째는 태백산에 문수보살로 내려가며, 셋째는 골매기성황으로 내려가라고 했다. 그리고 지난날 자신을 서운하게 했다는 이유로 당금애기는 부뚜막의 바퀴벌레가 되라고 했다. "우리 삼 형제를 보아서라도 마음을 푸세요." 세쌍둥이가 간청하자 석가여래는 당금애기를 삼신할머니로 좌정하게 하고, 금동자 아들과 은동자 딸을 점지하게 했다.

—영일 김유선본

당금애기의 이름도 가지각색

당금애기의 이름은 이본에 따라 다양한 형태로 불립니다. 서장애기, 서장아기, 세주애기, 상남아기, 당금아기, 당금각시, 당구매기, 당곰아기씨, 제석님 맏딸아기, 제석각씨 맏딸애기, 제석님 딸애기, 제석님 애기다지, 옥동부인, 애가슴이, 금각시, 시준아가씨 등으로 불리는데, 그중에서도 '당금애기'가 가장 보편적입니다.

삼승할망과 저승할망

삼신할머니는 세상 사람들에게 아이를 점지해 주는 신입니다. 삼신에 얽힌 신화는 지역에 따라 크게 두 가지 유형으로 전해집니다. 당금애기가 주인공인 내륙 지방의 이야기와 명진국 따님애기가 주인공인 제주 지방의 이야기가 있지요. 삼신의 내력을 풀어내는 신화라는 공통점을 지녔지만 내륙의 이야기와 제주의 이야기는 전혀 다른 내용이라고 할 수 있습니다.

제주 지역에서 전해 오는 신화에서 가장 흥미로운 대목은 주인공인 삼승할망뿐 아니라, 저승할망의 근본까지도 함께 풀어내고 있다는 점입니다. 이 이야기에는 대립적인 위치에 서 있는 두 여신의 맞섬과 어울림, 싸움과 화해가 공존하고 있습니다. 우리는 삼승할망과 저승할망을 통해 좋은 일에는 궂은일이 맞물려 움직인다는 세상 이치에 대한 신화적 해석을 엿볼 수 있을 것입니다. 〈삼승할망본풀이〉의 여러 이본 가운데 특히 '안사인본'은 그러한 내용을 풍부하게 담아내고 있습니다.

다음은 《제주도 무속 자료 사전》에 수록된 안사인이 구연한 자료를 바탕으로 제주에서 전해 오는 삼신할머니 신화의 내용을 정리한 것입니다. 본문에 실린 이야기와 견주어 보면 또 다른 모습의 삼신을 만날 수 있을 것입니다.

동해용궁 따님애기는 구월 초아흐렛날 태어나, 동해용궁 아버지와 서해용궁 어머니 품에서 무럭무럭 자라 어느덧 열다섯 살이 되었다. 그런데 어릴 적에 아버지의 수염을 뽑은 것과 담뱃대를 꺾은 일, 어머니의 젖가슴을 잡아 뜯은 죄를 물어 동해용궁 아버지는 딸을 죽이라고 명을 내렸다. 서해용궁 어머니가 눈물을 흘리며 말했다.

"내 속으로 낳은 자식을 어떻게 내 손으로 죽일 수 있단 말입니까? 그러지 말고 동해용궁 대장장이 아들을 불러서 무쇠로 함을 만들어 동해 바다에 띄워 인간 세상으로 보내면 어떻겠습니까?"

"그럼, 그리합시다."

서해용궁 어머니의 간곡한 만류에 동해용궁 아버지는 고개를 끄덕였다. 청천벽력 같은 소리를 들은 동해용궁 따님애기는 한달음에 어머니에게로 달려갔다.

"어머니, 저는 인간 세상에 가서 무엇을 하며 살아야 하나요?"

어머니 품에 안겨 묻자 서해용궁 어머니가 대답했다.

"인간 세상으로 가서 아이를 마련해 주거라. 그곳에는 아이를 점지해 주고, 출산을 도우며, 아이가 무럭무럭 자랄 수 있도록 보살펴 주는 삼승할망이 없단다. 인간 세상으로 가서 삼승할망이 되어라."

"그럼, 아이는 어떻게 마련하나요?"

"아가, 너무 걱정 말거라. 이 어미가 알려 주는 대로만 하면 된단다."

어머니의 말을 들은 동해용궁 따님애기는 그제야 마음이 놓였다. 서해

＊ **삼승할망** 아이의 잉태와 출산, 양육을 맡은 신으로, 생불왕(生佛王)이라고도 한다.

용궁 어머니는 다시 말을 이었다.

"아버지 몸의 흰 피를 석 달 열흘, 어머니 몸의 검은 피를 석 달 열흘, 아홉 달 열 달 정해진 달을 꼬박 채워 아이를 낳도록 해야 한다."

"그럼, 어디로 아이를 낳게 하나요?"

중요한 질문을 던지던 찰나에 동해용궁 아버지의 우레 같은 고함 소리가 들려왔다.

"뭣들 하느냐, 당장 잡아 가두어라!"

어머니의 대답을 들을 겨를도 없이 동해용궁 따님애기는 무쇠로 만든 함 속에 속절없이 갇혔다. 동해용궁 아버지는 무쇠 함을 굳게 닫고, 마흔여덟 개의 자물쇠를 단단히 채운 뒤 그 위에 글을 남겼다.

'임보루주 임박사가 문을 열어라.'

그리고 동해 바다 세찬 물결에 무쇠 함을 띄워 버렸다.

"어머니! 아버지!"

부르는 소리는 있어도 답하는 소리는 없었다. 동해용궁 따님애기가 들어 있는 무쇠 함은 그렇게 물 아래로 삼 년, 물 위로 삼 년을 떠다녔다. 그러다 마침내 한 물가에 닿았다. 그때 임보루주 임박사가 그곳을 지나가다 무쇠 함을 발견했다.

"임보루주 임박사가 문을 열라고 했으니, 어디 한번 열어나 볼까?"

마흔여덟 개의 자물쇠를 하나하나 열고서 무쇠 함 안쪽을 들여다보았다. 그런데 어여쁜 아기씨가 앉아 있는 것이 아닌가. 앞이마에는 해님이, 뒤 이마에는 달님이, 양쪽 어깨에는 샛별이 오송송 서려 있는 아기씨였다. 임보루주 임박사가 깜짝 놀라 물었다.

"귀신이냐, 사람이냐?"

동해용궁 따님애기는 가만히 고개를 들어 주위를 한번 둘러보고는 야무지게 대답했다.

"나는 동해 용왕의 딸로, 인간 세상에 삼승할망이 없다고 하여 왔습니다."

임보루주 임박사는 속으로 쾌재를 외치지 않을 수 없었다.

"그렇거든 우리 부부에게 아이 하나 점지해 주는 것이 어떻겠소? 우리 부부가 금슬이 좋기로는 하늘 아래 제일이거늘, 나이 오십이 넘도록 자식이 없어 늘 근심이라오. 아내 몸에 아이를 불어넣어 주오."

"그럼, 그리하지요."

동해용궁 따님애기는 그날로 아이를 점지했다. 아버지 몸의 흰 피를 석 달 열흘, 어머니 몸의 검은 피를 석 달 열흘, 그렇게 해서 아홉 달이 지나고 열 달이 다 찼다. 그러나 아이 꺼내는 방법을 배우지 못했으니, 정해진 달을 꽉 채우고도 아이를 세상에 나오게 할 수 없었다. 속절없이 시간은 흘러 한 달이 지나고, 또 한 달이 지났다. 아이를 낳지 못한 채로 열두 달이 지나니 아이도, 아이어미도 죽을 지경이었다.

"아이고 배야, 아이고 배야. 아이고 나 죽네, 아이고 나 죽어."

앓는 소리가 끊이지 않자 동해용궁 따님애기는 잔뜩 겁을 먹었다. 가만히 두고 볼 수 없었던 동해용궁 따님애기는 은가위로 아이어미의 오른쪽 겨드랑이를 잘랐다. 그러고 나서 막무가내로 아이를 꺼내려 했지만 쉬운 일이 아니었다. 아이도 잃고, 아이어미도 잃을 판이었다. 아무것도 할 수 없었던 동해용궁 따님애기는 무쇠 함이 닿았던 물가로 뛰어가 수양버들 아래에 앉아 하염없이 울기 시작했다.

고대하던 자식을 얻기는커녕 졸지에 아내까지 잃게 생긴 임보루주 임박사의 원통한 마음은 이루 말할 수가 없었다. 그는 동해산, 서해산, 남해산, 북해산에 올라가 제단을 만들고 하늘을 향해 요령과 바라 소리를 냈다. 그렇게라도 하늘의 옥황상제에게 눈물 섞인 하소연을 해야만 했던 것이다.

때마침 옥황상제가 인간 세상을 두루 살피고 있었는데, 요령과 바라 소리가 바람을 타고 하늘 높은 곳에 있는 옥황상제의 귀에까지 전해졌다.

'난데없는 이 소리는 무엇이란 말인가? 필시 무슨 곡절이 있음이 분명하다.'

옥황상제는 지부사천왕에게 명령을 내렸다.

"낮도 고요하고 밤도 고요한데 요령과 바라 소리가 들리니, 어찌 된 사연인지 알아보아라."

지부사천왕은 그 길로 인간 세상으로 내려갔다. 그러고는 서둘러 사연을 알아보고 돌아와서 말했다.

"인간 세상에 아기를 낳게 해 줄 삼승할망이 없으니 임보루주 임박사가 원통하고 절통하여 내는 소리입니다."

"과연 그렇구나. 인간 세상에 사람 자취가 뜸하여 낮도 고요하고 밤도 고요했구나."

옥황상제는 여러 신을 불러 모았다. 그리고 아이를 점지하고 순산하도록 돌봐 줄 삼승할망이 될 만한 이가 없는지 물었다.

"인간 세상에 있을 듯하옵니다. 명진국에 한 아기씨가 있는데 부모에게 효도하고, 일가친척 화목하고, 깊은 물에 다리를 놓아 여러 사람이 건너다니게 하니 그 공덕을 이루 헤아릴 수가 없습니다. 한 손에는 번성꽃, 다른 한 손에는 환생꽃을 들고 있다고 하니 이 아기씨를 삼승할망이 되게 하면 어떻겠습니까?"

---

* **요령(搖鈴)과 바라** 놋쇠로 만든 종 모양의 큰 방울과 타악기.
* **지부사천왕(地府四天王)** 저승의 사천왕. 사방을 보호하며 국가를 수호하는 네 명의 신이다.

"어서 그렇게 하라."

옥황상제의 명령을 받은 사자가 명진국 따님애기를 데리러 갔다. 부모는 고이고이 길러 온 사랑하는 딸을 차마 보낼 수 없어 눈물지으며 사자를 가로막았다.

"우리 딸아이는 아무런 죄가 없습니다. 대신 저희를 데려가시는 것이 어떻겠습니까?"

그러자 사자가 단호하게 대답했다.

"옥황상제의 명령이라 거역할 수 없습니다."

그때 명진국 따님애기가 부모를 달래며 순순히 사자를 따라나섰다.

"아버지 어머니, 너무 심려치 마세요. 제가 가겠습니다."

명진국 따님애기는 노각성자부줄을 타고 하늘에 올라가 옥황상제 앞에 당도했다. 옥황상제는 명진국 따님애기의 사람 됨됨이를 알아볼 심산으로 일부러 모질게 말을 했다.

"댕기머리 처녀가 겁도 없이 어찌 대청 한가운데로 들어오느냐?"

명진국 따님애기가 당차게 말을 받았다.

"소녀도 아뢸 말씀이 있습니다. 엄연히 남자와 여자의 구별이 있거늘, 머리 땋은 처녀를 이처럼 부른 까닭은 무엇입니까?"

옥황상제는 껄껄껄 크게 웃었다.

"과연 듣던 것처럼 똑똑하구나! 그만하면 인간 세상의 삼승할망이 될만하다. 너를 부른 것은 다름이 아니라 인간 세상에서 아이를 점지하고 순산하도록 돌봐 주는 일을 부탁하고자 함이다. 인간 세상에 내려가 삼승할망이 되어 보면 어떻겠느냐?"

그러자 명진국 따님애기가 대답했다.

"옥황상제님, 소녀는 나이 어린 처녀로 아무것도 모르는 철부지입니다. 그런 제가 어찌 아이를 점지하고 순산하도록 돌볼 수 있겠습니까?"

"아버지 몸의 흰 피를 석 달 열흘, 어머니 몸의 검은 피를 석 달 열흘, 살을 만들며 석 달, 뼈를 만들며 석 달, 아홉 달 열 달 가득 채워 아이를 낳게 하면 되느니라. 아이어미의 뼈가 헐겁거든 빳빳하게 하고, 너무 빳빳하거든 헐겁게 하여 자궁문으로 아이를 낳게 하면 되느니라."

명진국 따님애기는 거역할 수가 없었다. 옥황상제의 분부대로 따르는 것 외에는 달리 뾰족한 수가 없었다.

명진국 따님애기는 머리에 족두리를 쓰고, 남빛 비단 저고리에 솜바지와 물명주 단속곳을 둘러 입었다. 열두 폭 비단 치마에 구슬 무늬 겹저고리를 입고 곱게 치장한 후에, 은가위 하나를 품에 품고 명주실 세 묶음과 꽃씨를 들었다. 그리고는 양옆으로 시녀들을 거느리고 노각성자부줄을 타고 인간 세상으로 내려와 임보루주 임박사네 집으로 나는 듯 들어갔다.

명진국 따님애기가 열두 폭 비단 치마를 벗어 두고 짚자리에 올라앉아 아이어미의 정수리를 열세 번 쓸어내리고, 가슴 쪽으로 쓸어 가니 아이가 나오려는 기미가 보였다. 아이어미의 뼈마디를 느슨하게 풀어 놓고, 자궁문을 열어 은가위로 아이 코를 건드리자 양수가 쏟아져 나왔다. 그때 작은 힘과 큰 힘을 불어넣으니 아이어미는 없는 힘이 절로 솟아 어여

◦ **사자(使者)** 명령이나 부탁을 받고 심부름을 하는 사람.
◦ **노각성자부줄** 하늘과 땅을 오르내릴 때 쓰는 줄.
◦ **물명주 단속곳** 옅은 남빛 명주실로 짠 천으로 만든, 치마 밑에 받쳐 입는 여자 속옷.

쁜 아이를 낳았다.

명진국 따님애기는 아이를 받아서 명주실로 탯줄을 묶고 은가위로 잘라 냈다. 그리고 그제 야 울음을 터뜨리는 아 이를 따뜻한 물로 씻긴 뒤 자리에 눕 히자 아이는 잠이 들었다.

때마침 동해용궁 따님애기 가 돌아와서 보니 죽은 목숨인 줄로만 알았던 아이와 아이어미가 살아 있더라. 곁에 앉은 처녀가 아이를 낳게 한 것이 분명했다. 동해용궁 따님 애기는 벌컥 성을 내며 매섭게 쏘아붙였다.

"나는 동해용궁 따님애기로 인간 세상에 삼승할망으로 왔는데, 너는 누구냐?"

명진국 따님애기는 조용히 나와서 방문을 닫고 차분히 말을 했다.

"나는 명진국 따님애기로 옥황상제의 분부를 받아 인간 세상에 삼승 할망으로 왔습니다."

말이 끝나기가 무섭게 동해용궁 따님애기는 명진국 따님애기의 머리 채를 잡아 쥐었다.

"네가 대체 무엇이기에 아이를 낳게 했다는 말이냐! 내가 점지했거늘, 네가 뭐라고 아이를 낳게 해! 내가 오늘 네 고약한 버릇을 단단히 고쳐

주마!"

옥황상제의 분부를 받아 삼승할망으로 왔다는 소리에 사리 분별을 할
수 없게 된 동해용궁 따님애기는 명진국 따님애기의 머리채를 두 손에
휘감아 좌우로 핑핑 흔들었다. 그러더니 다짜고짜 들이덤비는 것이었다.
동해용궁 따님애기는 명진국 따님애기를 때리고, 할퀴고, 꼬집으며 온몸
을 상처투성이로 만들었다. 영문도 모른 채 흠씬 두들겨 맞은 명진국 따
님애기는 이내 넋을 놓아 버렸다. 간신히 정신을 차리고 명진국 따님애
기가 말을 했다.

"여기서 이렇게 싸우지 말고, 옥황상제의 분부대로 하는 것이 어떻겠
습니까?"

동해용궁 따님애기는 아직도 분이 덜 풀렸는지 씩씩거리며 답했다.

"그럼 그렇게 하자."

둘은 그 길로 노각성자부줄을 타고 하늘로 올라갔다. 자초지종을 들
은 옥황상제가 말을 꺼냈다.

"얼굴만 봐서는 어느 누가 낫다고 할 수가 없겠구나."

그러고는 한동안 깊은 생각에 잠겨 있더니, 동해용궁 따님애기와 명진
국 따님애기에게 꽃씨 두 개를 주었다.

"서천서역국 고운 모래밭에 꽃씨를 심어 꽃이 피는 걸 봐서 삼승할망
을 정하겠노라."

동해용궁 따님애기와 명진국 따님애기는 각각 꽃씨를 받아 정성껏 길
렀다. 모래밭에 꽃씨를 뿌리니 싹이 트고 자라기 시작했다. 동해용궁 따
님애기가 뿌린 꽃씨는 뿌리도 하나, 가지도 하나, 꽃송이도 하나로 금세
시들어 버렸는데, 명진국 따님애기가 뿌린 씨앗은 뿌리는 하나지만 가지

는 사만 오천육백 개로 무
성하게 뻗어 나갔다.

"동해용궁 따님애기의 꽃
은 시들었으니 저승할망
이 되고, 명진국 따님애
기의 꽃은 무성하게 자
랐으니 삼승할망이 되
어라. 저승할망은 저승
으로 가서 죽은 아이들을
보살피되 아이들이 배고프면 울게 하고, 밤이나 낮이나 울게 하며, 경풍
청풍을 불어넣어 열다섯 살 아래의 아이들을 서천꽃밭으로 데리고 가거
라. 삼승할망은 이승에 머물며 부잣집이나 가난한 집, 지위의 높고 낮음
을 가리지 말고 집집마다 자손이 번성하게 하여라."

저승으로 가게 된 동해용궁 따님애기는 벌컥 화를 내며 명진국 따님애
기가 피운 꽃의 윗가지를 오도독 꺾어 들었다. 그러더니 얼음 같은 얼굴
로 표독스런 말을 뱉었다.

"인간 세상에 아이가 태어나 석 달 열흘, 백일이 되면 경풍 청풍을 불
어넣어 저승으로 데려가리라."

그러자 명진국 따님애기가 동해용궁 따님애기의 마음을 다독이며 달
래 주었다.

"그리 말고 우리 좋은 마음을 먹으면 어떠하오? 내 인간 세상에 내려가
서 아이를 점지해 주고, 사람들에게서 받은 고마운 마음을 잊지 않고 나
누어 주며 그대의 몫을 잊지 않고 늘 챙겨 줄 테니 이제 그만 마음 푸오."

116

명진국 따님애기와 동해용궁 따님애기는 두 손을 마주 잡았다. 어느덧 동해용궁 따님애기의 마음도 스르르 풀렸다.

동해용궁 따님애기는 저승으로 가고 명진국 따님애기는 인간 세상으로 내려갈 때가 다가오자 둘은 석별의 술잔을 주고받았다. 동해용궁 따님애기가 주는 잔은 명진국 따님애기가 받고, 명진국 따님애기가 주는 잔은 동해용궁 따님애기가 받았다. 그렇게 석별의 잔을 나누고는 제 갈 길로 걸음을 옮겼다. 한 걸음 떼고 뒤돌아보고, 또 한 걸음 떼고 손을 흔들고, 그 사이에 정이 들어 발걸음이 쉽게 떨어지지 않았다.

명진국 따님애기는 인간 세상으로 내려와서 동해산, 서해산, 남해산, 북해산에 울타리를 둘러 팔층으로 집을 짓고 문 안 쪽에 육십 명, 문 바깥쪽에 육십 명의 시녀 들을 거느렸다. 그리고 한 손에는 번 성꽃을, 다른 한 손에는 환생꽃을 들고서 좌정했다. 이때부터 인 간 세상에는 집집마다 아이를 점지해 주고, 아무 탈 없이 아 이를 낳도록 돌봐 주는 삼승 할망이 생겨난 것이다.

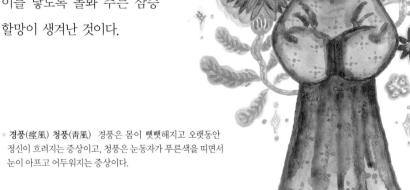

■ **경풍**(痙風) **청풍**(靑風) 경풍은 몸이 뻣뻣해지고 오랫동안 정신이 흐려지는 증상이고, 청풍은 눈동자가 푸른색을 띠면서 눈이 아프고 어두워지는 증상이다.

깊이 읽기

당금애기, 이 세상 모든 어머니의
또 다른 이름

● 딸, 어머니, 신

〈당금애기〉는 〈제석본풀이〉라고도 불리는 우리의 무속 신화입니다. 〈제석본풀이〉는 말 그대로 제석신의 근본을 풀어서 전하는 이야기라고 할 수 있습니다. 제석신은 당금애기의 세 아들로 재물과 복, 풍요를 관장하여 예로부터 큰 섬김의 대상이었던 신입니다. 그렇다 하더라도 〈제석본풀이〉의 주인공은 삼불제석(세 아들)을 어렵게 낳아 지극 정성으로 키우고 보살핀 당금애기겠지요.

여러분은 우리나라에서 전해 오는 신화의 주인공 중에 누가 가장 먼저 떠오르나요? 아마도 대부분 단군 신화, 주몽 신화, 혁거세 신화, 수로 신화 같은 건국 신화에 등장하는 주인공들을 머릿속에 그리지 않을까 짐작해 봅니다. 고조선을 세운 우리 민족의 시조 단군, 고구려의 시조 주몽, 신라의 시조 혁거세, 가야의 시조 수로. 이들은 건국 신화의 주인공이며 남성이라는 공통점이 있습니다. 곱씹어 보면 우리에게 익숙한 신화의 주인공들은 대부분 남성인 듯합니다.

그런데 혹시 우리나라 신화에 왜 여성 주인공들이 없는지 곰곰이 생각해 본 적은 없나요? 그리스 신화에 등장하는 미와 사랑의 여신 아프로디테와 맞먹는 여신이 우리나라 신화에는 없다며 못내 아쉬워했을지도 모릅니다. 그러나 우리에게도 아름답고, 지혜롭고, 씩씩하고, 게다가 마음까지 따스한 여신들이 있습니다. 자신을 버린 부모를 구하러 저승 세계로 묵묵히 떠난 바리데기, 사랑을 이루기 위해 두 눈 질끈 감고 칼날이 서 있는 불구덩이로 뛰어든 자청비, 자신을 버린 부모를 두 팔 벌려 감싸 안은 감은장애기, 작은 가슴에 커다란 우주를 품은 오늘이⋯⋯. 이들은 작고 어린 여성이지만 당당한 주인공으로 신화 속에서 살아 숨쉬고 있습니다.

우리의 당금애기도 빠뜨릴 수 없겠지요? 한 줄기 빛조차 새어 들어오지 않는 칠흑같은 토굴에서 홀로 아이를 품고 낳은 당금애기야말로 우리 신화에서 만날 수 있는 가슴 벅찬 여신이 아닐지요. 당금애기는 꽃보다 곱게 자란 귀하디 귀한 막내딸이자 세 아들을 훌륭히 키워 낸 강인한 어머니였습니다. 그리고 지금은 집집마다 아이를 점지하고, 순산하도록 도와주며, 병 없이 자라게 지켜 주는 인자한 삼신이 되어 우리를 돌봐 주고 있습니다. 당금애기의 이야기를 마음으로 따라가며 읽다 보면 혹시 어렴풋이 누군가가 떠오르지 않나요? 만약, 늘 그림자처럼 자식을 위해 자신을 희생하는 것을 주저하지 않는 우리네 어머니의 모습이 그려졌다면, 그리고 가슴 뭉클한 무언가를 느낄 수 있었다면 당금애기와 소통한 것이라고 할 수 있습니다.

◉ 열두 대문으로 둘러싸인 집에서 세상으로

당금애기는 꽃같이 곱고 어여쁜 딸이었습니다. 아들만 아홉을 둔 부모님이 명산대천에 지극한 정성을 올리고 얻은 귀한 딸이었습니다. 열두 대문 안, 세상의 티끌 하나 닿을 수 없는 곳에서 당금애기는 지극한 사랑을 받으며 고이 자랐습니다. 그러던 어느 날 느닷없이 나타난 석가여래가 당금애기의 삶을 뒤바꿔 버렸습니다. 평온하던 일상에 난데없이 누군가가 나타나 자신의 삶을 송두리째 엉망으로 만들어 버린 것만큼 억울하고 분한 일이 어디 있겠습니까? 그로 인해 자신을 세상에서 가장 귀하게 여기던 아버지에게 버림받게 되었으니, 당금애기의 마음은 오죽했을까요? 게다가 임신이라는 생전 처음 겪는 몸의 변화까지도 오롯이 홀로 감당해야만 했으니 그 설움은 말로 다할 수 없었을 것입니다. 누구 하나 제 마음 헤아려 주는 이 없이 세상에 홀로 버려진 당금애기는 가슴이 먹먹하여 흘러나오는 눈물을 주체할 수 없었겠지요.

보이는 것은 어둠뿐이고 들리는 것은 제 심장 소리뿐인 토굴에 갇혀 당금애기는 무슨 생각을 했을까요? 이런저런 생각 끝에 석가여래와의 만남을 떠올리지 않았을까요? 당금애기와 석가여래가 인연을 맺는 장면은 이본에 따라 각기 다른 모습으로 그려지고 있습니다. 석가여래가 땅에 떨어진 낟알을 전해 주자 당금애기가 받아서 먹었다고도 하고, 낟알을 줍는 동안 두 사람의 옷이 서로 감겼다고도 합니다. 또 석가여래가 당금애기에게 꿈을 불어넣었다고도 하며, 두 사람이 덮은 이불이 바뀌어 있었다고도 전합니다. 동해안 지역에서 전해지는 자료들은 꽤나 노골적으로 두 사람의 결합을 묘사하고 있기도 합니다. 중요한 점은 석가여래와 당금애기가 인연을 맺는 것이 세상을 구원하는 삼불제석을 잉태하는 과정이었으며, 동시에 세상의 어머니라고도 할 수 있는 삼신을 점지하는 과정이었다는 것입니다. 이것은 하늘이 정한 신성한 인연이었겠지요.

그럼에도 우리가 이 대목에서 마음이 불편해지고 좀처럼 납득하기 어려운 것은 당금애기와 석가여래 사이에 인연이 맺어지는 방식 때문일 것입니다. 그 둘의 인연이 아무리 신성한 것이라고 하더라도 당금애기 입장에서 보면 너무나 갑작스럽고 일방적인 것이었습니다. 당금애기 스스로의 의지도 아니었습니다. 더구나 하늘이 정한 운명의 짝은 검고, 얽고, 찡그린 얼굴에 귀밑에는 땟국이 줄줄 흐르며 나이가 백팔십은 족히 되어 보이는 백발노인의 모습을 하고 있었으니, 꽃 같은 당금애기와의 만남이 쉽사리 받아들여지지 않는 것이 당연하겠지요. 우리의 마음이 이러한데 당금애기의 마음은 오죽했을까요?

석가여래는 어느 날 갑자기 나타나 굳게 닫힌 열두 대문을 활짝 열어젖히고는 당금애기의 평화롭던 일상을 제 마음대로 헤집어 버렸습니다. 그러고 나서 아무 일도 없었다는 듯 별안간 온데간데없이 거짓말처럼 사라졌습니다. 이후 당금애기가 감당해야만 했던 가혹한 삶의 시련은 온전히 당금애기만의 몫으로 남겨 둔 채 말입니다.

그러나 당금애기를 정작 힘들게 한 것은 아버지에게서 버림받았다는 사실이었을 것입니다. 당금애기의 아버지는 꽃처럼 고이 기르고 사랑했거늘 어찌 이럴 수 있느냐면서 당금애기에게 무서운 말을 남깁니다. "너는 이제 내 딸이 아니다." 딸을 세상 누구보다도 아끼고 사랑했던 아버지였습니다. 당금애기가 외간 남자와 정을 통하여 아이를 잉태했다는 것을 알게 된 순간 아버지는 참을 수 없는 분노를 터뜨리며 제 손으로 딸을 죽이려 하더니, 결국 출산을 앞둔 피붙이를 토굴 속에 내팽개쳤습니다. 아버지는 당금애기가 자신을 배반했다고 말하고 있지만, 사실은 아버지가 당금애기를 배반한 것이나 마찬가지입니다. 하루에도 몇 번씩이나 당금애기를 보기 위해 걸음을 옮길 만큼 사랑했던 딸자식을 그다지도 무참하게 없애려 한 아버지. 그 모습에서 당금애기의 절망은 배가되고 한숨은 더욱 깊어졌겠지요.

당금애기는 자신의 의지와 상관없이 세상에 홀로 던져졌습니다. 석가여래가 열두 대문을 열어 주었고, 아버지가 열두 대문 밖으로 내보냈기 때문이지만, 이제 당금애기는 열두 대문을 꼭꼭 걸어 잠그고 가슴 졸이던 예전의 당금애기가 아닙니다. 세상 한가운데 홀로 우뚝 서게 된 당금애기의 마음은 오히려 편안하고 담담했으리라고 짐작해 봅니다. 삶의 고난과 시련 속에서도 당금애기는 꿋꿋하게 제자리를 지켰습니다. '고진감래(苦盡甘來)'라는 삶의 진리는 당금애기 신화가 우리에게 전해 주는 값진 깨달음일 것입니다. 고진감래라는 긍정의 힘이 있었기 때문에 당금애기는 세상의 구원자로 세 아들을 번듯하게 키워 낼 수 있었고, '생명을 가져다주고 사랑으로 돌봐 주는 희망의 여신'으로 나아갈 수 있었을 것입니다.

● 어머니, 그 넓고도 깊은 마음

당금애기는 열두 대문을 지나 세상으로의 걸음을 내디뎠습니다. 그 발걸음이 그리 가볍고 순탄하지만은 않았을 테지만 당금애기에게 힘을 준 이들이 있었기에, 그리 외로운 길은 아니었을 것입니다.

후원 동산 토굴, 당금애기 곁에는 그녀의 어머니가 있었습니다. 식구들 몰래 시시때때로 밥을 지어다가 먹이고 보살펴 준 어머니 덕분에 당금애기는 한편으로 마음이 든든했을 것입니다. 또한 삼 형제를 낳을 적에는 하늘에서 선녀들이 내려와 정성스레 아이를 받아 주기도 했습니다. 선녀들은 하늘로 올라가기 전에 아이들이 일곱 살이 되면 서천서역국 금불암에 사는 석가여래를 찾아가라고 일러 주는데, 이것이 당금애기에게 희망의 길잡이가 되어 주었겠지요. 세상으로부터 버림받았다고 생각한 당금애기에게 자신을 품어 준 어머니와 하늘은 큰 힘이 되었을 것입니다.

하지만 무엇보다도 당금애기가 세상을 긍정하고, 희망을 발견할 수 있었던 것은 삼 형제 때문이 아니었을까요? 배 속에서 열 달을 품어 가슴으로 키워 낸 삼 형제와 함께했기 때문에 당금애기는 힘을 낼 수 있었을 것입니다. "여자는 약하지만 어머니는 강하다."라는 말처럼, 당금애기는 어머니였기 때문에 씩씩하게 삼 형제를 키워 낼 수 있었습니다.

무럭무럭 자라난 삼 형제는 자신의 근본에 대한 의문을 가집니다. 그리고 후원 동산 아래에 있는 외갓집으로 걸음을 옮깁니다. 외할아버지와 외할머니를 찾아뵙고 나란히 절을 올리는 삼 형제를 보며 당금애기의 아버지는 자기에겐 딸이 없다고 말합니다. 그 말을 듣고, 지난 세월 동안 아무 말도 하지 못한 채 속을 끓었을 당금애기 어머니의 심정은 오죽했을까요? "정말 너무한다."라는 삼 형제의 말은 어쩌면 당금애기가 아버지께 하고 싶었던 말이었을지도 모르겠습니다. 매몰차게 딸을 내친 아버지는 뒤늦게 뜨거운 눈물을 흘립니다. 자신이 버린 딸이 낳은 손자들을 부둥켜안는 장면은 당금애기와 아버지가 서로 진정으로 용서하고 이해하는 순간이겠지요.

마침내 당금애기는 일곱 살이 된 삼 형제와 머나먼 서천서역으로 향합니다. 서천서역은 느닷없이 나타나 자신을 둘러싸고 있던 모든 것을 송두리째 앗아가 버린 석가여래가 있는 곳이지요. 그러니 길을 떠난다는 것은 석가여래를 품고자 한 넓고도 깊은 당금애기 마음의 또 다른 표현은 아닐까요? 삼 형제의 손을 잡고 서천서역으로 걸음을 옮기며 당금애기는 무슨 생각을 했을까요? 지난 세월을 생각하면 석가여래가 밉고 원망스러웠을 테지요. 하지만 당금애기는 서천서역으로 가는 걸음걸음 원망도, 한도 내려놓았을 것입니다. 서천서역에 가까워질수록 마음도, 몸도 구름처럼 가벼워지지 않았을까요?

당금애기는 자신에게 다가온 시련의 순간들을 잘 극복해 냈습니다. 그리고 집집마다 아이를 점지하고, 순산하도록 도와주며, 병 없이 건강하게 자라도록 돌봐 주는 '삼신'이 되었습니다. 자식을 향한, 그리고 세상을 향한 넓고도 깊은 마음을 지닌 당금애기는 그렇게 신이 되었던 것입니다.

◉ 우리 모두의 어머니, 당금애기

당금애기 신화는 멀고 먼 옛날부터 오늘날까지 전해 오는 이야기지만 그저 옛날이야기가 아니라 시대를 아우르는 삶의 철학을 담고 있습니다.

당금애기는 어머니였습니다. 가녀린 몸으로 세 아이를 품고서 세상으로 내보내 정성으로 키운 어머니였습니다. 세상의 모든 어머니, 특히 우리네 어머니들은 자식을 위해 못할 일이 없는 것처럼 보입니다. 자식을 위해서라면 아까운 것 하나 없고, 어떤 희생이라도 감수하는 분들이 우리네 어머니입니다. 어쩌면 이런 우리네 어머니가 '당금애기'의 또 다른 이름이 아닐까요?

살다 보면 내 뜻대로 되지 않는 일이 있습니다. 어떤 경우에는 내 의지와 상관없이 오해를 받기도 하고, 세상에 내 편이 하나도 없는 것처럼 느껴질 때도 있습니다. 그럴 때 주위를 둘러보면 두 팔 크게 벌린 우리의 어머니, 당금애기가 곁에 있을 것입니다. 그 품에 안겨 잠시 숨을 고르다 보면 마음이 편안해지고, 따스한 한 줄기 빛을 만날 수 있을 거예요. '너는 할 수 있어. 힘을 내렴.' 당금애기는 삼 형제를 세상의 구원자로 키워 낼 수 있었던 희망의 메시지를 우리에게도 들려줄 것입니다.

요즘 사람들은 삼신할머니를 기억하지 못합니다. 아이를 점지해 달라고, 무사히 순산하게 해 달라고 삼신을 찾는 이들이 없기 때문입니다. 의학의 발달로 아이도 만들 수 있고, 무탈하게 낳을 수도 있는 세상이니 더 이상 삼신할머니의 도움이 필요하지 않은 것처럼 여기기도 할 것입니다. 그렇지만 아이를 열 달 동안 품고 낳아서 건강하게 키우는 것은 보이지 않는 정성이 더해져야만 가능한 일이랍니다. 오늘날 세상이 삼신을 기억하지 못하더라도 삼신은 '이 세상 어머니'라는 이름으로 우리를 돌봐 주고 있다는 사실을 느낄 수 있었으면 합니다.

당금애기 되어 보기

- 서로의 배필이 됨을 암시하기라도 하듯 석가여래와 당금애기의 성장 과정에는 비슷한 점이 많습니다. 석가여래와 당금애기의 출생과 성장 과정을 비교해서 말해 봅시다.

- 당금애기 신화는 열두 대문 안에서 부모님의 사랑을 듬뿍 받고 자란 당금애기의 유년 시절과 석가여래를 만난 이후의 삶으로 나누어 볼 수 있습니다. 이 이야기에서 열두 대문과 석가여래와의 만남이 무엇을 상징하는지 생각해 봅시다.

- 당금애기가 아이를 점지해 주고, 잘 자랄 수 있도록 보살펴 주는 삼신이 될 수 있었던 까닭은 무엇입니까?

❂ 이 이야기 속에서 당금애기는 많은 시련을 겪습니다. 보통 사람들이 견디기 힘든 고통을 이겨 내야만 신성(神聖)을 얻을 수 있다고 옛사람들은 생각했던 것이지요. 당금애기와 같은 시련은 아니지만 자신이 더욱 성숙하게 된 계기를 만들어 준 사건이 있다면 이야기해 봅시다.

❂ 다음은 《당금애기》와 같은 무속 신화인 《바리데기》의 줄거리입니다. 《당금애기》와 비교해서 읽어 보고, 물음에 답해 봅시다.

> 옛날 옛적에 '불라국'이라는 나라가 있었다. 불라국의 임금인 오구대왕과 길대 부인에게는 딸만 여섯이 있었는데, 일곱째도 딸이 태어나자 오구대왕은 아이를 내다 버리라는 무서운 명령을 내린다. 길대 부인은 나자마자 버리는 자식이니, '바리데기'라는 이름을 지어 숲 속에 딸아이를 버린다. 산신령이 버려진 바리데기를 거두어 키우는 동안, 오구대왕은 병에 걸려 사경을 헤맨다. 오구대왕을 살릴 수 있는 방법은 인간은 함부로 갈 수 없다는 서천서역에서 약수를 구해 오는 것뿐. 훗날 바리데기는 친부모를 만나지만, 자신을 버린 아버지를 살리기 위해 여섯 언니들을 대신해 사지(死地)나 마찬가지인 서천서역으로 나아간다. 흰 빨래를 검게 빨고, 백여 평이 넘는 밭을 가는 등 갖은 고생 끝에 바리데기는 약수가 있다는 서천서역에 도착한다. 그곳에서 약수를 지키는 동수자를 만나 혼인을 하고 아이 셋을 낳아 준 후에 바리데기는 약수를 받아 아버지를 살리고, 잘못 죽은 사람들의 영혼을 바른길로 인도하는 오구신이 된다.

- '바리데기'와 '당금애기'라는 이름의 뜻을 찾아봅시다.

- 두 신화 속 주인공들은 어떤 시련을 겪는지 말해 봅시다.

- 이야기의 결말에서 바리데기와 당금애기는 어떤 신이 되는지 말해 봅시다.

- 두 신화의 공통점과 차이점을 이야기해 봅시다.

● 우리 조상들은 출생, 혼인, 죽음 등을 관장하는 신이 있다고 믿었습니다. 그래서 이러한 신들과 관련된 이야기들을 만들어 내기도 했지요. 우리 삶의 어떤 부분을 돌봐 주는 신이 있으면 좋을지 이야기해 보고, 그 신에 관한 이야기도 만들어 봅시다.

참고 문헌

강등학, 《한국 구비문학의 이해》, 월인, 2000.

김진영·김준기·홍태한, 《서사무가 당금애기 전집》, 민속원, 1999.

김태곤, 《한국무신도》, 열화당, 1989.

노영근, 《가족탐색 서사연구》, 박이정, 2006.

박숙희·유동숙·이재운, 《뜻도 모르고 자주 쓰는 우리말 어원 500가지》, 예담, 2008.

'서울육백년사' 인터넷 누리집(http://seoul600.visitseoul.net)

신동흔, 《바리데기, 야야 내 딸이야 내가 버린 내 딸이야》, 휴머니스트, 2013.

신동흔, 《살아있는 우리 신화》, 한겨레출판, 2004.

오출세, 〈고전소설의 출생의례고〉, 《한국문학연구 13》, 동국대학교 한국문학연구소, 1990.

유동식, 《한국무교의 역사와 구조》, 연세대학교출판부, 1989.

이장섭, 〈독일의 지역축제〉, 《민족과 문화 3》, 한양대학교출판원, 1995.

이희수, 〈쿠드르인의 종교생활〉, 《민족과 문화 6》, 한양대학교출판원, 1997.

자닌 오브와예 지음, 임정재 옮김, 《고대 인도의 일상 생활》, 우물이있는집, 2004.

정출헌, 《심청전, 어두운 눈을 뜨니 온 세상이 장관이라》, 휴머니스트, 2013.

조현설, 《춘향전, 사랑 사랑 내 사랑아 어화둥둥 내 사랑아》, 휴머니스트, 2013.

최광식, 〈삼신할머니의 기원과 성격〉, 《여성문제연구 11》, 대구효성가톨릭대학교 한국여성문제연구소, 1982.

홍태한, 《서사무가 당금애기 연구》, 민속원, 2000.

도움 주신 분들

고용우(울산제일고등학교)

고화정(월계고등학교)

왕지윤(경인여자고등학교)

조현종(태릉고등학교)

당금애기, 생명의 신 탄생의 신이라

1판 1쇄 발행일 2007년 6월 11일
개정판 1쇄 발행일 2013년 4월 1일
개정판 3쇄 발행일 2021년 5월 24일

기획 전국국어교사모임
지은이 김예선
그린이 이은주

발행인 김학원
발행처 (주)휴머니스트출판그룹
출판등록 제313-2007-000007호(2007년 1월 5일)
주소 (03991) 서울시 마포구 동교로23길 76(연남동)
전화 02-335-4422 **팩스** 02-334-3427
저자·독자 서비스 humanist@humanistbooks.com
홈페이지 www.humanistbooks.com
유튜브 youtube.com/user/humanistma **포스트** post.naver.com/hmcv
페이스북 facebook.com/hmcv2001 **인스타그램** @humanist_insta

편집책임 문성환 **편집** 김사라 **디자인** 김태형 유주현 림어소시에이션
스캔·출력 이희수 com. **용지** 화인페이퍼 **인쇄** 청아디앤피 **제본** 정민문화사

ⓒ 김예선·이은주, 2013

ISBN 978-89-5862-589-6 44810

• 이 책은 저작권법에 따라 보호받는 저작물이므로 무단 전재와 무단 복제를 금합니다.
• 이 책의 전부 또는 일부를 이용하려면 반드시 저자와 (주)휴머니스트출판그룹의 동의를 받아야 합니다.